FUGAMUNDI

*Praeter haec adhuc aliud est
astrum, imaginatio, quae novum
astrum et novum coelum gignit.*

Erscheinungsjahr 2023
Alle Rechte am Text liegen beim Autor.

Autor_ Nero Campanella
Layout, Satz & Reinzeichnung_ Lisa Rodin
Druck_ PROOF Druck- und Medienproduktion

PROOF Verlag Erfurt
Inhaber_ Maik Stock
Zum Kornfeld 12
99098 Erfurt

ISBN_ 978-3-959178-77-1

Weitere Informationen unter:
www.proof-verlag.de

nero
campanella

WIE ICH UNSTERBLICH WURDE

Roman

PROOF
Druck · Medien · Verlag

eins

Während ich auf den Zug wartete, las ich in einer längeren Nachricht meiner Kollegin Lucy, dass sie Hautkrebs hätte, und übergab mich mitten auf dem Bahnsteig. Es war sechs Uhr morgens, ich hatte noch nichts gegessen und außer mir stand nur eine sportliche Frau im Sommerrock da, die ihren Mundschutz abgenommen hatte, um Kaffee zu trinken. Ich hatte meinen Mundschutz abgenommen, um zu kotzen. Danach warf ich ihn weg. Diese chinesischen Fabrikate waren ja angeblich mit Chemikalien getränkt, die mehr oder weniger direkt dazu führten, dass die kommunistische Partei die Welt beherrschen würde. Gut, wenn jemand anderes diesen Job übernahm. Ich war schon mit der Beherrschung meines Mageninhalts überfordert.

Lucy, die eigentlich Ljudmila hieß, hatte ihre Behandlung in plastischen Sätzen geschildert. Sie war meine Lieblingskollegin; nicht weil wir befreundet waren, sondern weil ich niemand sonst an unserem Arbeitsplatz ertrug. *Nachschnitte* seien nötig gewesen, schrieb sie. *Eigengewebe* hatte man von hier nach dort *verpflanzt*; dort war der Krebs schon gewesen, hier noch nicht.

Der Zug fuhr ein, leer und verspätet. Ich suchte den reservierten Platz und schmiegte meinen Anzug in seiner Schutzhülle vorsichtig in das Gepäckfach. Ich war Anzüge nicht gewohnt. Ganze fünf Mal in meinem Leben hatte ich einen Anzug getragen, zur Kommunion, bei zwei Beerdigungen und meinen beiden Hochzeiten natürlich. Diesen hatte ich mir extra am Vortag noch besorgt.

„Ein Mann mit einer Mission braucht einen Anzug", hatte mein Freund Boris gern gesagt. „Der ist das Allerwichtigste. Hätte Jesus einen Anzug getragen, wäre heute jeder Christ, sogar du."

Allein das Sakko hatte dreihundert Euro gekostet. Ob ich lieber *etwas Niedrigpreisiges* wollte, hatte mich der schwule Verkäufer gefragt. Ich lebe in einem Land, dachte ich, wo ein Sakko unter dreihundert Euro als *etwas Niedrigpreisiges* gilt. Mit Hose, Hemd und Schuhen hatte ich ein halbes Monatsgehalt hingeblättert. Mit diesem Geld hätte ich jeden durchschnittlichen Bankangestellten dazu bringen können, mir nackt die Küche zu schrubben.

Ich brauchte eine Stunde, um ihr zu antworten. Ich schrieb Lucy, dass auch meine Großmutter als junge Frau Hautkrebs gehabt hätte und operiert worden sei. Dass sie danach aber nie mehr an Krebs erkrankt wäre und uralt geworden ist. Das stimmte. Allerdings verschwieg ich, dass sie jedes Jahr nach Lourdes zur Heiligen Jungfrau gepilgert und ihrer Meinung nach nur deshalb gesund geblieben war. (Lucy, als lesbische Atheistin, konnte nicht auf die gleiche Fürsprache der Gottesmutter hoffen.) Ihre Schwiegertochter, meine Mutter, war auf die Pilgerreisen meiner frommen Oma mitgefahren. Das hatte meinem Vater nicht gefallen. Im Gegenzug schwängerte er in der Zeit eine andere, die ironischerweise an Krebs gestorben ist.

Im ICE nach Berlin stolzierte eine dicke Frau laut singend durch den Gang:

„Freedom is just another word for nothing left to lose!"

Hippiemumpitz von Janis Joplin. Sie schaukelte die Hüften hin und her wie eine Stripperin.

„Ficken wollt ihr, immer nur ficken, oder?", rief sie einem arabisch aussehenden Mann zu, der allein an einem Tisch saß. Er musterte sie knapp und schaute wieder auf sein Handy.

„Mich wollen alle immer nur ficken", philosophierte sie und wackelte weiter.

In Berlin sahen die alten Leute arm und deprimiert aus und die jungen Leute, als ob sie sich selbst schon dafür liebten, junge Leute in Berlin zu sein. Das war wohl das Der-Ort-an-dem-wir-sind-ist-hip-weil-wir-hip-sind-Syndrom, eine Spätfolge des Wir-sind-hip-weil-der-Ort-an-dem-wir-sind-hip-ist-Syndroms. Mit derselben Logik hätten sie sich dafür verachten müssen, nur bis Berlin gekommen zu sein und nicht nach New York oder zum Mars.

Zwei Frauen ohne Kopftuch sprachen eine Teenagerin mit Kopftuch, die neben mir wartete, auf Türkisch an. Die Teenagerin antwortete auf Deutsch, dass sie an diesem Gleis richtig wären.

Der Zug fiel aus. Ein Ersatzzug wurde mal angezeigt, mal wieder nicht und traf eine Stunde verspätet ein. Zwei alte Damen jammerten. In Finsterfelde och, oder so ähnlich, nur noch Verspätungen, meinte die eine.

„Die Züge da – ist alles jetzt privat!", erklärte sie.

Auch dreißig Jahre nach der Wende konnte man daran erkennen, ob man im Osten oder Westen war. Im Westen war *der Staat* schuld, im Osten war der Murks *privat* – als hätten sie mit der jeweiligen Alternative immer nur beste Erfahrungen gemacht.

Im Regionalzug, kurz bevor ich ankam, passierte endlich was. Allzu vertraulich hatte ich den Anzug neben ein fremdes Gepäckstück gelegt. Als der Besitzer, ein sturer Mann mit einem abgebrannten Ohr, seine Tasche herauszerrte, segelte mein Anzug in den Gang. Ein vorbeischlenkernder Schüler trat drauf.

„Vorsicht!", rief ich, aber die ganze Lümmel-Clique latschte lachend darüber wie über einen roten Teppich. Ich war ja selbst schuld, wenn ich Wertsachen besaß. Ich raffte die zerknüllte Anzughülle auf und traute mich nicht hineinzuschauen. Wo ich hinfuhr, gab es keine Reinigung, wahrscheinlich auch kein Bügeleisen.

An der Endstation gab es nicht mal einen Bahnhof. Der Name des Ortes war eine urdeutsche Lauthäufung, wie man sie Figuren in amerikanischen Kriegsfilmen aussprechen ließ, um sie als Nazis zu kennzeichnen. Manche Ortsnamen im Osten klangen, als hätte die SS sie erfunden, um nach dem Krieg Touristen fernzuhalten. Luckenwalde-Urstromtal, Pissdorf-Sargleben. Warum auch nicht? Wenn man eine Stadt Paris nannte oder Jerusalem, brauchte man sich über die herbeiströmenden Massen ja nicht zu wundern. Das Bahnhofsgebäude war auf allen Seiten mit Brettern vernagelt. Keine Zeitungen, kein Kaffee. Zonenatmo. Das Schönste hier war der fehlende Stacheldraht. Über zwei gesplitterte Fenster hatte die CDU ein Transparent mit einem Greis in Hemdsärmeln und Krawatte gespannt: WENIGER REDEN – MEHR MACHEN! stand darauf.

Ich zog mein Gepäck zur Bushaltestelle. Es nieselte.

Hier sollte mich ein telefonisch vorbestellter *Rufbus* abholen. Linienbusse fuhren wahrscheinlich nur am Tag der Deutschen Einheit. Drei Schüler quälten einen Igel, der hilflos versuchte, sich in ein Gebüsch zu retten. Obwohl ich nicht hinsah, musste ich fast wieder kotzen.

Endlich kam mein Bus, ein grauer Van ohne Beschriftung. Der Fahrer war ein Mann mit schiefem Gesicht. Der war früher der Igel gewesen, dachte ich. Außer mir fuhr nur ein junges Mädchen mit, das, wie viele junge Mädchen, wenn sie mit Erwachsenen allein sind, wie schockgefroren dasaß. Auf die Frage, an welcher Haltestelle im nächsten Ort sie aussteigen wollte, wusste sie keine Antwort. Sie stieg trotzdem aus. Im Radio sang eine Frau: *Ich kriege nie genug ... vom Lee-ben!*

Mein Chauffeur hatte den männlichen Fahrstil aller Asphaltcowboys: aufdrehen auf gerader Strecke, drei Autos pro hundert Meter überholen, Kurven hart rannehmen, lautes Losgasen, dann abruptes Bremsen und hinterher die stumme Frage: *Wie war ich?*

Wir rasten durch Brandenburg. Nach gut einer halben Stunde schaute ich auf die Uhr: Fünf Minuten waren vergangen.

„Können Sie bitte langsamer fahren!", fragte ich nicht.

Er sah mich an, als hätte ich ihn um Oralverkehr gebeten. Aber er tat es.

Weichei, dachte ich.

Ich zählte die Windräder, die in den lichten Waldstücken staken wie – nein, nicht wie Ungeheuer. Nur wie Windräder. Nutzgeräte in abgenutzter Natur.

„Da können Sie mich rauslassen", sagte ich, sobald ich das Ortsschild erkannte.

Der Fahrer hielt, genau an der Einfahrt.

„Ach, von denen sind Se eener", murmelte er.

Ich gab einen Euro Trinkgeld und nickte wie jemand, der eigentlich den Kopf schütteln will, das aber nicht mehr kann, weil er einen Schlaganfall gehabt hat.

zwei

Durch die Eichen der Allee sah man auf eine Kapelle und ein paar Gräber. Im Rasen steckten Schilder mit der Aufschrift BETRETEN ERWÜNSCHT. Ich las die Parkordnung. *Die Wege dürfen nicht verlassen werden,* stand da. Die Welt war kein logischer Raum. Ich ging über den Rasen zum Gebäude und fand eine offene Tür.

Im Flur begegnete ich einem bärtigen Jungmann im Jogginganzug. Er wartete, dass ich mich vorstellte.

„Brinus", sagte ich.

Er wartete weiter, aber ich sagte nichts mehr.

„Brinus. Okay."

Er hieß Frank und war hier Koch. Frank führte mich durch die Gästeküche, die Klos und die Speiseräume.

„Das Geschirr bitte stapeln. Teller auf Teller, Tassen auf Tassen. Der hier ist für Bioabfall und hier kommt das Besteck rein. Das hat heute leider nicht so gut geklappt. Links die Servietten. Bitte dran denken."

Ich schwieg und nickte nicht. Frank wartete wieder.

„Und nach dem Stuhlgang abspülen", sagte ich.

Frank verzog das Gesicht.

„Ich bin gerade allein in der Küche", versuchte er es in leidendem Ton.

Sind wir nicht alle einsame Köche, Frank, dachte ich, in den rostigen Kombüsen unseres Lebens?

„Mein Kollege ist ausgefallen. Motorradunfall."

Ich sagte nicht: Tut mir leid.

„Der kommt erstmal nicht wieder."

Frank machte eine Pause.

„Koma."

Na gut, ich schnitt das Gesicht, das nach so einem Wort erwartet wird.

„Hast du noch Fragen?", fragte er traurig.

Nein.

Die Tür zum Büro war offen, ich erkannte die Stimme meiner Kontaktperson Silke, die in einem Online-Meeting wichtigtat.

„Genau so machen wir das!"

Leuten, die Dinge organisieren, merkt man immer gleich an, wie schön das ist: Reden, Planung, Wirksamkeit – das Gegenteil von Intensivstation. Wer organisiert, ist gesund. Der Tod bevorzugt die Untätigen, daran glauben wir.

Während ich wartete, las ich die Hausordnung. *Rauchverbot – Außentüren geschlossen halten – offene Feuer untersagt – nicht geprüfte Elektrogeräte dürfen in den Zimmern aus Brandschutzgründen nicht verwendet werden.* Ich fragte mich, ob Vibratoren und Taschenmuschis geprüfte Elektrogeräte waren, und fotografierte den WLAN-Code.

Frank stand in der Außentür und rauchte. An seinem Ausatmen erkannte ich, dass es ihn störte, jetzt nicht allein zu sein.

„Du bist bestimmt Brinus."

„Hallo."

„Silke."

Silke war übergewichtig, aknenarbig und schwanger.

Ich war auf dem Land.

Sie überreichte mir vorsichtig zwei Schlüssel und ich unterschrieb die Quittung.

„Nicht verlieren. Das wird teuer sonst."

„Schließanlage und so."

„Genau. Dafür braucht man eine eigene Versicherung."

„Das wird richtig teuer!", beugte sich Frank empathisch von der Tür herüber, die Zigarette knapp über die Außenschwelle gestreckt, um nicht gegen das Gesetz zu verstoßen.

Silke tauchte nochmal in ihr dunkles Büro und kam mit zerknitterter Stirn und einem Paket zurück.

„Du hast was zum Trinken bestellt?"

Sie hielt mir einen länglichen Karton hin. *WHISKEYPLANET* stand drauf.

„Super, danke schön!"

Um fremde Menschen anzulächeln, brauchte ich einfach einen zusätzlichen Anreiz.

„Kein Problem", sagte Silke ernst.

„Aber ich rauche nicht", log ich.

„Gut, alle Zimmer sind nämlich Nichtraucherzimmer", zitierte sie textsicher die Hausordnung.

Ich dachte an die Packung Exilkubaner in meinem Gepäck. *MONTECRISTO NO. 4*, fünfzig Stück. Karamell mit Sandelholz.

„Wir gehen rüber in den Anbau."

Vor der Nachbartür sagte Silke: „Hier wohnt Regina Scheer. Die Schriftstellerin."

Immerhin ein Literat im Trakt, dachte ich.

„Die anderen sind schon seit zwei Wochen hier."

„Ich konnte nicht früher."

Das Zimmer war eng, aber wohnlich. Fichte, Schreibtisch mit Glasplatte, Korbstuhl, kleiner Röhrenfernseher. 70er-Jahre-Jugendzimmerstandard. Blick auf den Park.

Über dem Bett das Gemälde eines fensterlosen Betonbaus, der einen Schatten warf, Berliner Barock.

„Du kannst immer noch das größere Zimmer neben den Ateliers haben. Wie gesagt, leider ohne WLAN."

„Nein, ich hab lieber Internet."

„Bald bekommen wir Glasfaserkabel."

Ein sehr deutscher Satz.

Dann packte ich ein bisschen Wäsche aus, den Laptop, ein paar Bücher. Nachdem ich zwei Blue Jeans und drei identische Ananas-Hemden auf Plastikbügel gehängt hatte, begrüßte ich die Flasche im Karton: *JAMESON*. War das schon Alkoholismus oder noch Lebensfreude? Gab es da keine Schnittmenge? Nach zwei Doppelten war mein fast vollständiger Besitz gemäß einem sinnreichen System auf siebzehn Schrankfächer und Schubladen verteilt. Den Rauchmelder hatte ich respektvoll neutralisiert. Stolz nahm ich vorm Schreibtisch Platz, drückte knisternd eine *DIAZEPAM* aus der Folie und schenkte mir einen fast noch disziplinierten Belohnungswhiskey nach. Bald lag ich auf dem Teppich, sog an meiner *MONTECRISTO* und lauschte mit neuen Kopfhörern und versinkendem Bewusstsein den durch einen kalten grenzenlosen Raum gerockten *VAPOR TRAILS* von Rush.

Ich nickte kurz ein, verbrannte aber nicht. Meine Hand lag friedlich auf dem Teppich, die Zigarre war ausgegangen. Wie in Zeitlupe stand ich auf und zog mich aus. Es war unwahrscheinlich warm. Ich öffnete das Fenster und fiel nackt aufs Bett. Das Letzte, was ich sah, war ein weißer Buchrücken auf meinem Nachttisch.

ÜBER DAS SCHREIBEN, stand da.

drei

Im Speiseraum saßen fünf Personen neben einem Büffet mit Müsli, Brot und Eiern. Ein mittelgroßer Kaffeevollautomat mit Touchscreen und Feinschaumdüse blitzte mich von der Seite an.

„Aha, der Neue!"

„Decker. Angenehm."

„Wir duzen uns hier. Ick bin Regina."

Die Schriftstellerin war eine Dame über sechzig, die in Kleidung und Frisur ein wenig wirkte, als sei sie aus einem vormodernen Gemälde gestiegen.

„Franz. Cool, dass du da bist."

„Gestern Abend hat er sich noch mit Brinus vorgestellt."

„Ich bin die Monique!"

Ein asiatisch aussehender Herr im Pullunder stand umständlich auf und drückte mir murmelnd die Hand.

„Brinus?", fragte jemand.

„Mein Künstlername."

„Was für ein Künstler bist du denn?"

„Ich schreibe."

„Ein Dichter!"

„Was ist sein Künstlername?"

„Brinus!"

„Brinus – wie hinten?"

Ich sagte deutlich: „Brinus – vom – Schrock."

„BRINUS VOM SCHROCK??"

„Spannend."

„Find ich toll!"

„Hat mit meinem Schreibprojekt zu tun", erfinde ich mildernde Umstände.

„Aber Becker ist doch'n janz anständiger Name."

„Decker. Mit D wie Dach."

„Was denn für ein Schreibprojekt?"

„Lasst den Mann doch erstmal essen!"

Ich setzte mich neben die kühn geschminkte und nicht minder kühn gekleidete Greisin, die sich als Monique vorgestellt hatte. Der Raum roch wie sie.

„Geht schon, ich trinke lieber."

„Kaffee ist frei, Wein muss man zahlen."

„Soweit die Theorie."

Ich drückte auf CAPPUCCINO. Nach dem lieblichen Lärm des Mahlens quoll das schwarze Gold reichlich in meine Henkeltasse. Wo war Gott, dass man ihm danken konnte?

„Ich mag dein Hemd, Herr von Schrock."

„Danke. Ich auch."

„So'n bisschen 8oer."

„Die Brille is auch janz kurios, wa."

„Schön bunt!"

„Augenkrankheit", log ich und rückte sensibel an meiner goldfarbenen Spiegelsonnenbrille.

„Die gleiche Augenkrankheit wie Karl Lagerfeld?"

„Eher wie die Blues Brothers."

Prominente Sonnenbrillenträger wurden aufgezählt.

„Nicht originell, aber prägnant."

„Bei prägnant denk ich immer an schwanger!"

„Und was ist dein Schreibprojekt?", wiederholte der knapp mündige, sehr rotbäckige Franz, der aussah, als könnte er mit Werbung für Allgäuer Bio-Produkte viel Geld verdienen.

Ich formte eine Art Zelt mit meinen Händen. Dummerweise hörten gerade alle zu.

„Das ist erst ein Konzept. Ich arbeite meist intuitiv. Ohne detaillierte Vorarbeiten."

„So wie Amateure?", hörte ich eine unbekannte Stimme.

An der Kaffeemaschine stand ein schwarzlockiger Geistesmensch mit sauber ausrasiertem Vollbart und runder Brille. Er trug ein weißes Oberhemd und hatte die Haltung eines römischen Kaisers.

„Oder Genies", sagte ich ironisch.

„Was Amateure für Genies halten."

„Das ist übrigens Aslan", stellte ihn Karo vor, eine Künstlerin, die ich gestern Abend schon auf dem Flur getroffen hatte. Ich hatte den Lichtschalter nicht finden können. Sie auch nicht. Im Hellen gewann sie zwar nicht viel an Farbe dazu – sie war bleich, grauschwarz gekleidet, nur ihr Pagenkopf weinrot – dafür umso mehr an Form. Ihr Gesicht hatte den Ausdruck einer klugen, humorigen und einsamen Person.

„Er komponiert an seiner dritten Sinfonie. Aslan, Brinus vom Schrock, Dichter."

Jedenfalls dichter als du, alberte ich stumm.

Der Tonsetzer schloss kurz die Augen. Ich verstand das als kumpelhaften Gruß und nickte jovial zurück. Sein Latte macchiato war fertig und wortlos verließ er uns wieder.

„Aslan ist ein bisschen eigen", sagte Karo zwinkernd.

„Aber Künstler dürfen ja eigen sein", glättete Regina.

„Müssen!", rief Monique und knuffte mich in die Seite. „Oder?"

„Jetzt kennst du alle außer Lydia. Aber die frühstückt nicht", sagte Karo.

Kurze Stille.

Aha, dachte ich, das Problemkind.

Regina verabschiedete sich. Der ältere Herr ebenfalls. Er hieß Mirzali, erfuhr ich später, und übersetzte den Briefwechsel zwischen Goethe und Wilhelm von Humboldt ins Usbekische.

„Ja, cool", sagte Franz und streckte sich, während ich in ein Croissant biss. Brot war mir als Dichter ab jetzt zu derb.

„Wie lang bleibst du?"

„Sechs Wochen."

„Wie ich", sagte Karo.

Ich würdigte Franz' Äußeres einer Analyse. Er trug einen glänzenden, pink-türkisen Jogginganzug. Sah ich nicht oft. Die auffällige Farbe ließ es unwahrscheinlich erscheinen, dass er ihn nur aus praktischen Erwägungen oder Gewohnheit trug. Nein, es war ein Code, ein Statement. Aber ich hatte keine Lust, es zu entschlüsseln. Statements waren wie Zecken: Sie bissen sich an einem fest, sie wollten Blut sehen, sie übertrugen Nervenkrankheiten und jedes Jahr wurden es mehr.

Karo gab eine Fußnote zu Franz, der verträumt ein Marmeladenbrot kreierte: dass er einen Jugendkompositionswettbewerb gewonnen hätte und deshalb auf Kosten einer Organisation, die ich mir nicht merkte, hier an etwas arbeitete, was ich sofort wieder vergaß. In meiner persönlichen Prioritätenliste rangierten zeitgenössische Komponisten zwischen Heiltöpfern und Mondgloben.

Karo hatte zahnweiße Haut und wahnsinnig lange, dünne Finger, und wenn man die Augen halb schloss, während sie gestikulierte, konnte man sich einbilden, Max Schreck aus *NOSFERATU* säße einem gegenüber.

Und warum war ich hier?

Was?

„Warum bist du hier?"

Ja, warum bin ich hier? Ich dachte ein bisschen nach, besann mich auf das komplizierte Geflecht aus Kausalitäten und Kontingenz, das meine Vergangenheit mit unerforschlichen inneren und äußeren Prozessen verknüpfte, erinnerte mich an ein paar Basisfakten, filterte alles aus, was ich nicht sagen wollte, ersetzte den Rest durch eine witzigere Version und gab die Hälfte davon als Antwort zum Besten.

vier

Hegel hatte mir dieses Stipendium vermittelt.

Nein, Hegel war nicht irgendein altlinker Kneipenwirt. Ich meine Georg Wilhelm Friedrich Hegel, den Denker aus dem neunzehnten Jahrhundert. Ich hatte Germanistik und Philosophie studiert, weil vernünftige Fächer wie Jura oder Medizin mich meiner kostbaren Freizeit beraubt hätten, und war irgendwie auf Hegel hängengeblieben. Ich glaube, zuerst war es nur sein Name, der mich faszinierte, und mit Timo, einem inzwischen leider an der Tresenfront gefallenen Freizeitkumpan – er nannte sein Studium sehr zurecht einen *Kampf auf Leber und Tod* – spann ich um den Namen des schwäbischen Idealisten und seinen berühmten Denkstil bald ein eigenes Subgenre des Dadaismus.

„Du hast Hegel im Blut", sagte Timo zum Beispiel.

Und ich sagte: „Ich habe nicht Hegel im Blut – ich habe Blut im Hegel."

Das war die Dialektik. Knapp erklärt.

Oder wir bestellten zwei U-Boote, also ein Bier-Schnaps-Gemisch, und Timo sagte:

„Eigentlich ist das ein fast hegelhaftes Getränk."

„Mir hegelt vor gar niggs mähr", schwäbelte ich.

Et cetera.

Auch die Hegellektüre machte mir Spaß. Sein legendäres Erstlingswerk DIE PHÄNOMENOLOGIE DES GEISTES las ich im Pornokino, als in meiner Wohnung zwei Monate die Heizung ausfiel. Damals studierte ich in Saarbrücken, und mit ‚damals' meine ich die 80er-Jahre. Nichtsaarländer müssen sich die dort herrschenden Zustände etwa wie das Irland der 40er-Jahre vorstellen – arm, versoffen und katholisch – oder als eine utopielose DDR minus sowjetischer Unterstützung plus französische Prostituierte.

Das Pornokino im Erdgeschoss des Hauses, wo ich lebte, hatte einen versteckten Eingang, von dem nur die Bewohner wussten. Wahrscheinlich kannte ihn selbst der Inhaber nicht, ein hustender, unrasierter Mann, der einmal wöchentlich am Stock über den Flur hinkte, um sein Geld abzuholen. Eigentlich war er Antiquitätenhändler. Vom Hausflur schlich ich in den Keller und stieg an der anderen Seite wieder hoch, wo eine schmale Schiebetür in einen plüschigen Gang führte. Es roch nach – Männern. Vor einem der beiden Vorführräume setzte ich mich auf meinen Anglerstuhl und las Hegel. Niemand, der durch den Gang kam, warf je einen Blick auf mich. Niemand wollte sehen, dass er gesehen wurde. Ich hatte keine Sicht auf die Leinwand, hörte aber das Gestöhne und den vollendet schauderhaften Groove-Pop-Rammel-Soundtrack, der mich bis heute in meine Alpträume verfolgt. Die Filme liefen in Schleife und ich konnte den Text bald mitsprechen:

„Komm jetzt, schön alles auf die Möpse, du Hengst!"

Ich verbrachte fast jeden Nachmittag dort und kann heute allen Ernstes und bestimmt als einziger Philosoph weltweit von mir behaupten, dass ich bei der Hegel-Lektüre ziemlich oft gekommen bin.

Sechs Jahre später schrieb ich an meiner Doktorarbeit – was sollte man nach einem Philosophiestudium sonst tun? – die über einige Seiten Stichwörter, einen halben Förderantrag und ein gewissenhaftes Hegelporträt in Kugelschreibertinte nicht hinauskam. Umso mehr Zeit verbrachte ich im Fitnessstudio oder beim Doktoranden-stammtisch im *CAFÉ SCHRILL* zwecks Brainstormings. Einer meiner Mitdoktoranden hatte an Hegel ein viel ernsteres Interesse. Das war Hartmut, der Kommunist.

Hartmut hatte Mathematik studiert und sah aus wie ein adipöser Albert Einstein nach einem schlimm verlorenen Boxkampf. Sein Gesicht glänzte auch im Winter von Schweiß und war so aufgedunsen, dass man kaum seine Augen entdeckte. Wenn er redete, klang alles nach angeschwollener Zunge. Haar und Schnauzbart strebten wie das Universum kugelförmig davon.

Er zählte sich zu einer Organisation, die unter dem Namen *GEGENSTANDPUNKT* agierte. *Agitierte*, sagte er. Man plante die Weltrevolution. Vorläufig gab man eine gleichnamige Zeitschrift heraus, die vier Mal im Jahr erschien und natürlich nur von den Angehörigen der Organisation selbst gelesen sowie Satz für Satz *diskutiert* wurde. Zu diesen Diskussionen, die im Buchladen *DAS KOLLEKTIV* im Hinterzimmer zwischen Altglas und Fahrradresten stattfanden, lud Hartmut mich ein. So einen *Hegelianer* wie mich könnte man gebrauchen, Marx hätte schließlich Hegel *zu Ende gedacht* (was mir verriet, dass man mit den Hegelianern noch ein ernstes Wörtchen zu reden hatte). Und hinterher ginge man was trinken.

Meine Vorliebe für Hawaiihemden wurde nie thematisiert, schied mich aber ästhetisch klar vom proletarischen Unbunt der engagierten Bildungsbürger. Wer Ernst machte, wollte ja auch so aussehen. Und umgekehrt. Die Männer hier – denn es waren nur Männer – hatten Theologie oder Kunstgeschichte, Mathematik oder Psychologie studiert, waren historisch gebildet, liebten französisches Kino, Romane und Jazz, stritten über Pasolini und Bob Dylan, tranken gern Wein und kannten einander seit den Siebzigern, als sie in noch radikaleren, inzwischen verbotenen und aufgelösten Gruppen herumgesessen hatten. Hier trafen sich also die Revoluzzer, die keine Minister und Professoren geworden waren, dachte ich. Na, viele waren es nicht. Der einzige Arbeiter in der Runde sah unironischerweise wie Josef Stalin aus, kam immer pünktlich und schlief im Sitzen, bis die Diskussion zu Ende war. Wie beim sterbenden Väterchen Diktator wagte niemand, ihn aufzuwecken oder anzutippen, und ich ahnte, dass es der kindliche Respekt vor der Arbeiterklasse war, die man nur aus Büchern oder Filmen kannte, der sie von dieser Grobheit abhielt. Dabei war er doch der Einzige, den das hier angeblich betraf.

„Hast du schon reingelesen?"

Hartmut wedelte mit der neuen Ausgabe des zementgrauen Periodikums, das er meiner Einrichtung liebevoll hinzugefügt hatte.

Die Traktate im *GEGENSTANDPUNKT* zerpflückten aktuelle Probleme aus Politik und Wirtschaft nach Gutdünken und waren nicht anders formuliert, als hätte die CIA emeritierte Professoren eines DDR-Instituts für Marxismus-Leninismus unter Folter gezwungen, ihre eigenen Texte so lange zu überarbeiten, bis die revolutionäre Wahrheit in einem Wust abstrakter Satzknäuel selbst für die Autoren unauffindbar geworden war.

„Ja", sagte ich. „Reingelesen."

„Und? Was meinst du dazu?"

„Als Hegelianer?"

„Ja!"

„Ich konnte mich nicht konzentrieren. Mein Hormonspiegel war bei der Lektüre wahrscheinlich zu niedrig."

„Kannst du nicht mal in Ruhe und vernünftig über etwas nachdenken – ohne erhöhten Hormonspiegel oder Alkoholpegel oder acht Tassen Kaffee und ohne dass du dich zu Tode langweilst und gleich einpennst?"

„Das hast du schön zusammengefasst."

Nein, konnte ich nicht. Warum auch? Hätte der Weltgeist gewollt, dass ich als mönchischer Asket auf seiner Erde wandle, hätte er meine Jugend kaum in die 8oer-Jahre gelegt. Ich fühlte mich nun einmal nicht von Natur aus lebendig. Leben war ein ganzheitlicher Zustand, den man nur durch effiziente Selbstorganisation, vielfältiges Synapsentraining und pharmakologischen Fortschritt erreichte.

„Sei mir nicht böse, Hartmut, aber das Ganze verlangt mir etwas ab, was in meiner genetischen Ausstattung einfach nicht vorkommt."

„Ach nee. Und was?"

„Glaube", sagte ich.

Ich glaubte nicht nur nicht, sondern hätte auch keinen Furz darauf gewettet, dass meine dialektische Hirngymnastik mit dem Proletariat irgendwie irgendwann zusammenschwingen könnte und dass unser wöchentlich hin- und herargumentierender Checkerzirkel die Vorhut der Weltgeschichte wäre.

„Ihr seid die Vorhaut der Weltgeschichte", kalauerte ich. „Ihr wollt ganz vorn dabei sein, aber wenn's richtig zur Sache geht, schiebt man euch zurück und hat mehr Spaß." Umgekehrt war mir die Vorstellung, mit Leuten, die an ihre welthistorische Sendung glaubten, einige Stunden gesellig beisammen gesessen zu haben, fast ein bisschen unangenehm.

Ich nannte Hartmut einige Widersprüche, die meinen klassenkämpferischen Aktivismus bremsten.

„Aber auf die Vermittlung dieser Widersprüche kommt es ja gerade an!"

Widersprüche waren laut Hegel, wie arbeitslose Geisteswissenschaftler, größtenteils vermittelbar, konnten also auf einer höheren Entwicklungsstufe mit dem Absoluten harmonieren, das für Hegel wie für das Arbeitsamt schlussendlich auf den Staat hinauslief.

Das war die Dialektik. Knapp erklärt.

Rechthaberei als Religion.

„Ohne Hegel ist das nicht zu machen!"

„Mit Hegel aber auch nicht."

Ich seilte mich aus der Elite ab und ging öfter pumpen. Vom vielen Theoretisieren sah ich schon ganz verhockt und verhopft aus.

In der Sauna lernte ich Ingrid, meine erste Frau kennen. Sie war groß und blond und hatte eine tiefe Stimme. Diese Stimme war mit Abstand das Zweitbeste an ihr. Ingrids Vater, dem ich nur bei unserer Hochzeit und seiner Beerdigung gleich wortkarg begegnete, hatte während des Krieges Wertsachen aus jüdischen Haushalten in Frankreich *verwaltet* und sie angeblich an fünfzig Stellen am Burbach, einem Zufluss der Saar, vergraben. Plötzlich war der Krieg zu Ende und niemand hätte mehr danach gefragt.

Einer der ersten Sätze, die ich von ihm hörte, war:

„Sie haben eine schöne, gerade Nase. Eine richtige Hohenzollern-Nase!"

Ich brauchte mir jetzt keinen Job mehr als saarländischer Philosoph zu suchen und wurde Vollzeit-Ehemann. Ich legte sogar ein fast drogenfreies Halbjahr ein, das heißt, ich nahm zwar Kreatin, Ephedrin, Amphetamin und spritzte ein paar leichte Steroide, ließ aber aus diätetischen Gründen das Bier weg.

Wir zogen nach Köln, weil es da mehr Partys und weniger Ratten gab, feierten bis zum Nasenbluten, schliefen tags und ließen uns scheiden. Nach fast zehn Jahren kehrte ich nach Saarbrücken zurück, weil es da billiger war. Überall stiegen die Preise, nur hier nicht. Das war das Beste an dieser Stadt: Es wollte einfach niemand hier leben.

Und wen treffe ich eines Tages im *ALDI*? Hartmut. Er hatte eine Glatze, zwanzig Kilo abgespeckt und trug geputzte Schuhe. Ich erkannte ihn nicht, bis er sich vorstellte.

„Hartmut, du lebst noch?"

„Und du erst! Hast du ein neues Hemd?"

„Niemals."

Er war in die SPD eingetreten und arbeitete jetzt im Kultusministerium. Dort war er für die Förderung von Wissenschaftler*innen und Autor*innen verantwortlich.

„Wir haben gerade ein paar Stipendien über", sagte er. „Wieso bewirbst du dich nicht mal?"

fünf

Schriftsteller, die Romane über Schriftsteller schrieben oder sogar über Schriftsteller, die Romane über Schriftsteller schrieben, hätte ich am liebsten in eine Arche eingeladen und ohne Motor und Segel im Pazifik ausgesetzt, damit sie entweder gar nicht zurückkämen oder, falls doch, endlich etwas zu erzählen hätten.

Ich wollte meine freie Autorentätigkeit, die ich in Köln nur dank des Familiensilbers enteigneter Juden ausüben konnte, nicht so selbstreflexiv angehen. In der Engelbertstraße hatte ich – oder besser: hatten wir – nein: hatte Ingrid eine ganze Altbau-Etage als Dichterstube angemietet.

„Klar, mach das!", bestärkte sie mich. „Du kannst doch gut mit Wörtern."

Das erinnerte mich daran, dass man über Autisten und psychopathische Chefs gern sagte, dass sie gut mit Zahlen könnten, weil man ihnen nicht sagen wollte, dass sie Arschlöcher waren.

Tatsächlich war unsere Ehe, nüchtern betrachtet, nicht so gut wie Ingrid aussah. Allerdings betrachteten wir selten etwas nüchtern. Ich fühlte mich geistig ein wenig unter- und körperlich ein wenig überfordert. Der Gruppensex war nicht das Problem. Ich spürte nur, dass die Doppelbelastung Orgien und Körperkult mich auf Dauer zermürbte. Vielleicht sogar langweilte. Ich schlief kaum noch und sehnte mich nach einem Zimmer, in dem mal keiner herumschrie und Vollgas gab. Und Ideen hatte ich, wie jeder untätige Mensch, mehr als ich brauchte.

Von meinem Balkon sah ich die Spitzen des Kölner Doms – angemessenes Symbol meiner ästhetischen

Potenz. Von hier aus würde ich die deutsche Literatur in die Luft sprengen. Na, zumindest die Gegenwartsliteratur, diesen Ringelpiez angepasster Mittelklassekinder, neben denen eine Leitplanke originell und aufregend wirkte. Der jüngste deutsche Autor, den ich lesen konnte, ohne laut zu ächzen, hieß Heinrich von Kleist.

All diese zeitgenössischen Stilasketen, die mich aus Feuilleton und Fernsehen ansinnierten mit ihren Pfarrersblicken und Sachlichkeitsposen, all die Musterschüler und Unbestechlichen, die Kritiker und Analytiker von Zeit, Gesellschaft, Marktwirtschaft und Abendland, Verantwortungsatlanten und Gesinnungskünstler, die sich mit mehr, als Literatur war, wichtig machten und dem Zeitgeist in den Arsch krochen, all die Aufklärer und Engagierten, die Affen ihrer Humanität, die Bauchredner der Nation, Wahlkämpfer und Flakhelfer der guten Sache, der ganze real existierende Idealismus tausend grauer Regalmeter ohne auch nur einen amüsanten Satz, all die Reporter und Supervisoren des bürgerlichen Lebens, die Moralisten und Moralismuskritiker im Namen einer besseren Moral, die tapfer ihr Bundesverdienstkreuz Tragenden und die Alterspräsidenten der Vernünftigkeit – sie alle widerten mich an. Weil sie Beamte, keine Künstler waren, Repräsentanten eines Höheren, weil es ihnen nicht genügte und gelang, etwas zu schaffen, was Leser auf der Irrfahrt durch die Sterblichkeit anhalten und genießen ließ, weil sie glaubten, Worte wären, anders als Töne oder Farben, ein zu edles Material, um damit nur zu faszinieren und erfreuen. Weil sie wähnten, Pflicht stehe höher als Glück.

Die ewigen Nazi-und-Stasi-Themen, das nimmer abzusetzende Lehrstück von der deutschen Vergangenheit, den kulturellen Veredelungsschwindel dieser Unheilsgeschichte von 1870 bis 1990 konnte ich nicht mehr ertragen. Zu neun Zehnteln bestand die deutsche Literatur aus dokumentarischem Ernst und einfallsloser Ehrbarkeit und war interessant wie ein Pantoffel. Unübertroffen war nur ihre Angst vor Phantasie, Witz, Eros, Thrill, Rausch, Schauder und Absurdität – vor allem, was nicht in die Schule gehörte, was nicht gut und demokratisch, wichtig und vernünftig war – vor allem also, wofür es sich zu lesen und zu schreiben lohnte – Angst vorm ganzen gnadenlosen Chaos, dem unendlichen, vor Kälte brodelnden, Zeit und Elemente mahlenden und Hitler, Zeus und Jesus zu einem Häppchen Mus verkochenden glück- und grauenvollen Universum! –

Neben die ausgemergelten Ministrantenkörper der Nachkriegs- und Studentenschreiber wollte ich einen eingeölten Testosteron-Achilles stellen, kraftbepackt wie eine Karikatur, prall wie der Ständer des Dionysos und breit grinsend wie ein bekiffter Schwarzenegger! Dem würde ich zwei Amphetaminfrühstücke gönnen, ihn im Drachenblut der Ironie baden und in die Arena stoßen – mein Avatar im Ego-Shooter der Literaturgeschichte! Mal sehen, wer für die Nachwelt übrigblieb. ZEIT-Feuilleton, ahoi!

Vielleicht vertrug ich auch das Kölner Koks nicht. Litt ich unter Rückenmarksschwund? Oder war es die Hegellektüre gewesen, die mich zerebral geschädigt hatte?

Ich versuchte erfolglos, mit Nietzsche und Wodka gegenzusteuern.

Kurz: Meine lebensprallen Schwänke um Sodomie mit Außerirdischen, kannibalistische Kindergärtnerinnen, Kardinäle, die sich in Werwölfe verwandelten, oder eine Fantasiewelt, in der ausschließlich Zombies eine Festanstellung bekamen und Menschen sich absichtlich infizierten, um Häuser und Familien zu finanzieren, ließen die Literaturlandschaft unverändert. Ich riss nichts ab und baute nichts auf. Niemand druckte mich. Mein Künstlername KID CHARLEMAGNE erschien nur auf meinen eigenen Visitenkarten, die ich lediglich zum Portionieren von Schnupfpülverchen verwendete.

Ich war obdachlos im Bücherland, ein großmäuliger Herumtreiber, den Verlage und Agenten ignorierten. Absagen wertete ich als Erfolge, weil man mich, anders als meistens, einer Antwort würdigte. Ich solle mich mit meinen Storys an *einschlägige Genremagazine* wenden, schrieb mir jemand. Ich befolgte den Rat und schickte einen ausgefuchsten apokalyptischen Porno-Karneval an eine bekannte Sci-Fi-Zeitschrift. Auf Nachfrage hieß es, dass meine Prosa der Genre-Ästhetik ebenso wenig entspräche wie *den inhaltlichen Standards unseres Magazins*.

Für negative Selbsterkenntnis sollte man immer dankbar sein. Nirgends versteckt sich die Wahrheit besser als in einem Mann, der sich selbst überschätzt. Es ist leichter, eine mikroskopische Tätowierung am eigenen Hinterkopf zu entziffern als einzusehen, was man alles nicht beherrscht. Danke, Literaturbetrieb.

Ich war vielleicht nicht brillant, okay. Aber ich war nicht so schlecht wie Günter Grass. Und der hatte gerade den Nobelpreis bekommen. Mal streng logisch: Wenn Günter Grass den Nobelpreis für Literatur bekam, waren Talent und Handwerk nicht nur überschätzte, sondern völlig irrelevante Qualitäten. Dann konnte Donald Duck US-Präsident werden – und ich einen Roman schreiben, der gedruckt und gelobt würde. Danke, Günter!

Ich begrub meine Ambitionen also nicht. Ich sedierte sie nur mit drei Pfund Valium, über die Jahre verteilt, und nutzte meine Dichterbude zum Musikhören und zur Meditation. Und um vielversprechendem Nachwuchs, wie der Studentin nebenan, in den Sattel zu helfen.

„Schriftsteller, cool! Ich will auch mal einen Roman schreiben."

„Wenn du Hilfe brauchst, klingel einfach."

Nach der Scheidung war ich für jede Gelegenheit dankbar, ein bisschen was dazu zu verdienen. Oder eher: überhaupt was zu verdienen. Saarbrücken war zwar billig, aber es gab auch nichts zu tun. Das hing sicher zusammen. Die Menschen lebten hier in einem sonntäglichen Tempo, das Deutsche aus anderen Provinzen verwundert als *französisch* oder *frankophil* bezeichneten – als würde die Saar ins Mittelmeer münden und der typische Bergmann nach Schicht den Kohlestaub genüsslich mit Bordeaux herunterspülen.

Ich mischte beim aufkommenden Poker-Boom mit und gewann sogar den neuen BMW eines Wuppertaler Fabrikantensöhnchens (den ich kurz danach wieder verlor), fuhr nach Luxemburg ins Casino, selten in Begleitung attraktiver Witwen, verfasste Texte für Websites, Hausarbeiten für lernbehinderte BWL-Studenten und eine Dissertation für einen späteren, stets gut gekleideten Minister, meldete mich arbeitslos und musste niedere Bürojobs annehmen. Verwaltung, Ablage, Stoßlüften, wenn jemand furzte, solche Sachen.

Hartmuts Vorschlag, ein Stipendium zu beantragen, passte also genau in meine ergebnisoffene Lebensplanung. Ich grübelte zwei Sonntage und stoppelte ein Exposé zusammen, das ein mögliches Romanprojekt skizzierte für den Fall, dass mir Zeit und Mittel eingeräumt würden, um die Planungsphase proaktiv bis an den Rand einer erfolgreichen Verwirklichung weiterzuführen.

Ich erhielt den Zuschlag.

„Da hast du dir aber Mühe gemacht, Mensch!", lachte Hartmut am Telefon.

Dieses gemütliche SPD-Lachen ehemaliger Kommunisten.

„Ein Exposé hättest du doch gar nicht gebraucht!"

Ich nahm mir meinen Jahresurlaub, erhielt die Überweisung für Kost und Logis plus zweitausend Euro Taschengeld und war bereit für sechs Wochen Schaffensrausch im *Schloss* genannten ehemaligen Gutshaus einer romantischen Dichterin.

sechs

Meine Hauptfigur hieß Brinus vom Schrock.

Unter diesem Namen hatte ich vor Jahren einmal ein Gedicht in *DER EXOT – ZEITSCHRIFT FÜR KOMISCHE LITERATUR* publiziert, dem ich den Titel *SÄTZE, AUF DIE MAN NICHT WORTE, SONDERN SCHÜSSE ERWIDERN SOLLTE* gegeben hatte:

Willkommen beim Bewerbungstraining!
Wir möchten mit Ihnen über Gott sprechen.
Sammeln Sie unsere Treueherzen?

Et cetera.

Nach jedem dieser Sätze sollte man beim Lesen Schussgeräusche mit dem Mund produzieren (falls man keine Feuerwaffe zur Hand hatte) – eine revolutionäre Art der Rezitation. *DER EXOT* war trotzdem aus der Presselandschaft verschwunden. Literaturzeitschriften werden heute nur noch von neurotischen Langweilern gemacht, die sich damit abgefunden haben, selbst ihre einzigen Leser zu sein und zu bleiben. Sie sind lieber große Nummern in ihrer Nussschale als Loser draußen in der Welt und tun so, als gehörte nicht beides zwingend zusammen.

Mit vollem Namen hieß mein Alter Ego Brinus Tullamorus Durante Giannozzo Gonzo di Zepamum Tharmas Yage Alcofribas Shining Lingam Lizard Johnson Leo Ruber Preta Tristramsara Dermot Trout Zephyses S. Misönabimus Mondolinus Lohengrinus von Saar vom Schrock. Diese scheinbar abwegige Namensreihe ist ein schlichtes Anagramm der Schlussverse des achtzehnten Sonetts von Shakespeare und ergibt nach mehrschrittiger Dechiffrierung einen sechsstelligen Code, der die

Tresortür im Keller der von mir bewohnten Mietskaserne in Saarbrücken öffnet, hinter der sich eine rote Eisentreppe in saturnische Tiefen schraubt. Unten erwarten einen weder Schwarze Messen noch Morlocks noch Bill Gates mit Lackstiefeln und Lederpeitsche, sondern ganz einfach die erste Tankstelle an der Stadtgrenze von: *LOS CARAMBAS*.

Brinus vom Schrock ist der beste Privatdetektiv von Los Carambas, der Stadt der ungeträumten Möglichkeiten. Er trägt jederzeit Hawaiihemd und bunte Sonnenbrille, auch unter der Dusche, wo er sich fast nie aufhält, da Wasser rar ist. Wasser und Nächstenliebe sind knapp und teuer. In Los Carambas herrschen Mafia, Drogen, Hitze, Kerbtiere und Fanatismus. Gotham City ist dagegen eine Krabbelgruppe. Das Klima ist so gnadenlos, dass man nicht weiß, ob man den nächsten Tag selbst dann überlebt, wenn mal keiner auf einen schießt. Um sich abzukühlen, fahren die Leute in die Wüste und graben sich im Sand ein. Manche fühlen sich sogar begraben am wohlsten. Selbst Nonnen und Clowns drücken Crystal Meth, Opioid-Pillen sind gängige Währung. Alle tragen Waffen, sind verschuldet, haben Krebs und glauben an Gott.

Die Story meines Romans setzt damit ein, dass das anarchistische Obdachlosensyndikat plant, den konservativen Bürgermeister Igor Schmidt-Lumbago zu entführen. Sie wollen ihn zwingen, endlich Sozialwohnungen zu bauen, weil sie nicht akzeptieren können, dass die überschuldete Stadt längst den Banken gehört, die nur noch Ausgaben mit einer Minimalrendite von 8000% bewilligen. Um den von einer Kompanie Personenschützer abgeschirmten Spitzenpolitiker zu kidnappen, engagieren sie Brinus vom Schrock und seine kongenialen Schergen Mojo und Mahler. Die drei hartgesottenen Allrounder, die auf ihrer Website damit werben, dass sie selbst Astronauten observieren und Tote verhören könnten, schnappen sich Schmidt-Lumbago, indem sie ihn in das Hologramm einer Wagneroper locken und seine vierzig Leibwächter von gedopten Kojoten zerfleischen lassen. Aber der Bürgermeister, der sich selbst *GEWÄHLTER ZAR UND SPIRITUALISSIMUS VON LOS CARAMBAS* nennt und darauf zählt, dass die Eliteroboter der Folterpolizei ihn bald befreien werden, lacht seine Entführer aus. Die Anarchisten beschließen, ihm etwas abzuschneiden, können sich aber in wochenlangen Teach-Ins nicht darauf einigen, was. Schmidt-Lumbago entkommt und geht im Moloch seiner liberal regierten Stadt verloren. Wahrscheinlich wird er von den kahl- und kegelköpfigen Irren der Funghi-Sekte, die Atompilze als Götter verehren, zu Babynahrung verarbeitet, aber das bleibt offen. Jetzt brechen Aufstände los. Die Obdachlosen marodieren durch die Villenviertel und werden zu Tausenden in scheinbar stillgelegte Bergwerke verschleppt, zusammen mit allen Bürgern, die nicht sofort auf sie geschossen haben, die Opposition putscht, angeführt von paramilitärischen Hippies, die behaupten, dass die unschöne Realität nur eine fiese Erfindung der Regierung wäre, und die Bevölkerung glaubt, ihr geliebter Bürgermeister sitze zur Linken eines jung ermordeten Telenovela-Starlets im Himmel gleich zwischen Jesus und Madonna. Brinus und sein Team haben sich indessen im Bordell *CLUB GUMMERSBACH* (Deutsch gilt in Los Carambas als sexy) verschanzt, wo es die letzten Kerosincocktails gibt, und schmieden einen genialen Plan, wie man die Apokalypse vielleicht um ein, zwei Wochen aufschieben könnte...

sieben

„Das klingt alles ziemlich albern", befand Aslan mit trägem Lidschlag.

„Also ich find's ganz cool eigentlich."

„Warum heißt dieser Detektiv wie du?"

„Ist ditt och als Jesellschaftskritik –?"

„Nein."

Ich setzte in Germanistendeutsch auseinander, was ich mir nicht dabei gedacht hatte, und deklamierte erlesene Fachbegriffe wie *Autofiktion*, *transmedial* und *Palimpsest*. Für die jüngere Generation erwähnte ich, dass ich sogar einen *INSTAGRAM*-Account als Brinus vom Schrock erstellt hätte, auf dem ich meine eigene Hauptfigur schauspielerisch interpretierte.

„Die Grenze zwischen Fiktion und Wirklichkeit –"

„Molière hat ja auch immer selber mitgespielt in seinen Sachen", rief Monique vergnügt.

„Der Goethe sogar", sagte Regina.

Bei dem Namen Goethe wandte Mirzali sich kurz unserem Gespräch zu, stand dann aber auf, um nach dem Dessert zu schauen.

„Für mich sind das Alfanzereien", sagte Aslan unnachgiebig. Dieses selten verwendete Wort wollte ich mir später notieren. „Das soll doch ein Roman sein, oder nicht?"

Ich rückte so an meiner Brille, dass es als Ja durchging.

„Ein Roman ist eine Geschichte, ein Fenster ins Leben", sagte er und machte eine Geste, bei der ich mich fragte, ob jemand ihn spielte oder seinen Text schrieb.

„Deine Figur ist eine Puppe. Keinen interessiert, ob sie

lebt oder stirbt, wenn sie gar nicht erst lebendig wird."

Aslan schaute an mir herab und wieder herauf: „Da macht es keinen Unterschied, ob du diese Puppe mit einem bunten Hemd selbst darstellst."

Es entstand eine dieser Pausen, an denen man im Boxen und in der Rhetorik einen Wirkungstreffer erkennt.

Mirzali klackerte mit seinem Löffel in der Puddingschale.

„Das ist eben *transmedial*", wiederholte ich. „Die Geschichte wird nicht vom Text begrenzt, sondern verflüssigt sich in die Wirklichkeit!"

„Toll!", quietschte Monique.

„Das Werk hat ja auch gar nicht mehr diesen Stellenwert als feste Bezugsgröße", schwafelte Franz schmatzend rein.

Aslan schüttelte den Kopf. Über derlei pubertäre Faxen war er längst hinweg.

„Worthülsen. Natürlich kommt es auf das Werk an. Und wenn deine Geschichte belanglos ist, ist sie in allen Medien *belanglos*."

„Aber was heißt denn bitte belanglos?", fragte Franz.

„Zeitverschwendung!", blitzte Aslan ihn an.

Franz blinzelte, unsicher, ob er selbst damit gemeint war.

„Menschen sind sterblich", erklärte Aslan. „Und Kunst ist freiwillig." Er schaute allen, die ihm zuhörten, nacheinander ins Gesicht. „Kein Mensch will seine Zeit verschwenden. Ein Kunstwerk muss ihn überzeugen, dass es ihm etwas zu geben und zu sagen hat."

„Oder ihr."

Aslan lehnte sich zurück und fixierte mich.

„Was du machst", schloss er, „ist Kunst, die nichts zu sagen hat."

Er meinte das gar nicht böse. Aber auch nicht gut.

„Also ich finde nicht, dass Brinus nichts zu sagen hat!", protestierte Monique, von der in Schutz genommen zu werden schon hieß, verloren zu haben.

„Es ist vielleicht kein tiefsinniges Programm", räumte ich ein. „Aber dafür bin ich witzig."

Regina und Mirzali rezensierten leise den Nachtisch.

„Ja, der Humor", sagte Aslan gelangweilt. „Wenn etwas einfallslos gemacht ist, lobt man gern seine Moral. Wenn es auch keine Moral hat, bleibt nur der Humor."

„Das spricht nicht gegen ihn", parierte ich. „Wenn Kunst keine Zeitverschwendung sein soll, ist Genuss ein ausreichendes Kriterium. Und Witz bewirkt Genuss."

„Genau, Pop und Porno haben auch ihre Existenzberechtigung", warf Franz ein, als wäre er nicht Komponist, sondern Nacktbarbetreiber.

Aslan lächelte kühl: „Ich will sie nicht verbieten. Offensichtlich halten viele Leute das für keine Zeitverschwendung. Aber ein Roman ist kein Popsong und ich bin sehr unschlüssig, ob jemand dreihundert Seiten liest, nur weil es hin und wieder witzig ist."

„Entschuldigung, aber Literatur ist doch gar nicht dein Fachgebiet", verteidigte mich Karo, die bisher mit missmutigem Gesicht in ihr Handy getextet hatte.

Aslan zögerte, ob er darauf überhaupt antworten sollte.

Und schwieg.

„Also ich lese ja leidenschaftlich gern, aber viele witzige Romane würden mir auch nicht einfallen", gestand Monique und sah dabei aus wie ein nasser Papagei, dem etwas Schweres auf den Kopf gefallen war.

Ich klopfte an die offene Bürotür und fragte nach Post.

„Wie war der Name? Becker?"

„Decker! Mit D wie Dante."

Heute hatte Stanislaus Dienst. Stanislaus, ein bis zur Schläfrigkeit entspannter oder resignierter Hornbrillenträger mit diesem wachsamen Therapeutenblick, der mich immer nervös machte, war promovierter und habilitierter Literaturwissenschaftler und Privatdozent für Germanistik an der Humboldt-Universität Berlin. Gerade hatte er hier einen Bürojob angetreten. Das war kein Widerspruch.

Er reichte mir den Karton von Obstler-World, ohne Kommentar. Ganz urbaner Liberaler.

„Liegt hier irgendwo mein Spritzbesteck?", hätte ich auch fragen können, und er hätte mir suchen geholfen, ohne die Stirn zu runzeln.

„Supi."

Federnden Schrittes, den kleinen Kartonsarg mit Sir Williams Christ wiegend, näherte ich mich meinem Dichter-Cockpit. Ich könnte das Exposé bei etwas Birnenschnaps noch einmal gründlich überdenken, bevor ich das erste Kapitel meiner Gammastrahlenfantasie in die Platine lasern würde.

Als ich durch die Holztür ins Seitengebäude strebte, rempelte ich fast eine schwarz-graue Gestalt an, die nach Patschuli duftete.

„Oh, sorry!"

Eine grauhaarige Künstlerin stand vor dem Waschmaschinenraum. Gefärbt: Sie war höchstens dreißig, klein, violett geschminkt, schwarz gekleidet, trug Strumpfhosen und Shorts und einen sehenswerten, eng angeschmiegten Rollkragenpullover.

„Hey, wir haben uns noch gar nicht gesehen."

„Hey."

Sorgfältig schloss sie die Tür zu ihrer Wäsche ab.

„Brinus vom Schrock!"

Sie lächelte nicht.

„Lydia."

„Wohnst du auch hier im Anbau?"

„Bist du Stipendiat?", fragte sie misstrauisch zurück.

„Ja. Zimmer Nummer 42."

„Dachte, du wärst Gast." Sie schaute erst mich, dann mein Hawaiihemd an.

„Die Antwort auf alle Fragen."

„Was?"

„Zweiundvierzig."

„Douglas Adams", seufzte sie. Sie schien kein Fan zu sein.

Themenwechsel: „Ich bin seit Mittwoch hier. Und du?"

„Seit zwei Wochen. War paar Tage weg."

Wir sahen uns an. Ich fragte mich, ob ihre Iris echt war.

„Na dann!"

Gab es nicht irgendeinen prickelnden Champagner-Satz, den ich jetzt anbringen konnte?

„Viel Erfolg!", simpelte ich stirnrunzelnd.

„Erfolg? Ah ja. Danke."

Nächstes Mal. Ich stieg die Treppe hoch wie jemand, der etwas Besseres vorhatte. Lydia beobachtete mich.

„Coole Brille", schickte sie mir nach.

„Erbstück", sagte ich, lässig wie ein Profigolfer auf dem Minigolfplatz.

CORTADO. Ich drückte auf die kleine Henkeltasse. Die Maschine mahlte und schäumte und ließ Milch und Kaffee in das Glas strömen. Sah gut aus. Ich drückte noch einmal und erzielte die doppelte Menge. Das reichte für den ersten Satz. Der erste Satz ist besonders knifflig, wie auch Nichtschriftsteller wissen. Wobei der letzte Satz natürlich nicht leichter ist. Ich habe schon viele erste Sätze, aber noch nicht so viele letzte Sätze geschrieben. Das spricht dafür, dass der erste Satz höchstens der zweitschwerste ist. Und die dazwischen sind freilich auch nicht ohne. Jedenfalls kann man sie nicht weglassen, ohne als Autor unangenehm aufzufallen. Insgesamt uneasy, das Schreiben.

Es ist dreiundzwanzig Uhr acht, als ich mit dem Cortado am Schreibtisch sitze. Ich habe den Tisch ein Stück vom Fenster weggeschoben. Erstens Feng-Shui. Zweitens, damit mich niemand von draußen anglotzt, während ich dichte. Wahrscheinlich sehe ich beim Dichten debil und weggetreten aus, mindestens so debil und weggetreten wie Lang Lang, wenn er Chopin spielt. Besonders wenn ich vorher eine Elle Ketamin eingeatmet habe.

Schwarzrot wie ein auf frischem Teer zermalmter Dobermann glüht die Sonne über Los Carambas.

Brinus presst den Lauf an seine rechte Schläfe, das Metall ist nicht kühl, sondern von der Sonne heiß, wie alles in dieser Höllenstadt, denkt er, sogar die Zahnplomben.

„Wem gehört der Scheißfinger hier?", schreit Lucy, die lesbische Kellnerin im CLUB GUMMERSBACH.

Nachdem ich ein paar erste Sätze gebastelt und mir Einstiegsszenen dazu überlegt hatte, öffnete ich das Fenster. Ich hatte plötzlich das Gefühl, frische Luft zu brauchen. Atemnot wäre zu viel gesagt. Ein leichtes Engegefühl. Aber die Luft draußen war elend warm und so erfrischend wie im Hallenbad.

Ich versuchte jeweils zehn Sekunden ein- und auszuatmen, schaffte aber nur fünf. Am Waschbecken nahm ich zwei Aspirin gegen die Kopfschmerzen morgen. Es pochte jetzt schon in der Schläfe. Wahrscheinlich identifizierte ich mich zu sehr mit meiner Figur. Hatte sich nicht irgendein berühmter Autor beim Schreiben einer Krankengeschichte übergeben müssen? Während ich daran dachte, fürchtete ich, dass es mir auch hochkam, und kniete mich vor die Kloschüssel. Ich umklammerte die Brille und neigte würgend den Kopf.

Das Gebet des Hedonisten. Demut vor der Materie, die man selber ist. Prompt wurde mir übel, aber nicht übel genug. Mein Freund Boris hatte sich beim Saufen immer nach ein paar Stunden den Finger in den Hals gesteckt, um erfrischt in die zweite Halbzeit zu gehen. Ich hatte ihn darum beneidet. Einfach ein bisschen warten, dachte ich, und an was Schönes denken. Was Anorganisches. Nierenschalen. Knochensägen... Ich legte die Stirn auf die Klobrille, schwitzend und schwindelig. Ich musste ein großer Dichter sein, dass ich so kotzsensibel war!

Das Bewusstsein, dass es mir besser ging, kam so plötzlich, dass ich nicht wusste, ob ich gerade erwachte. Meine Haltung war dieselbe. Ein minimaler Filmriss, eine Leerzeile im Hirncode vielleicht. Egal. Ich stemmte mich hoch und wusch mein Gesicht. Im Spiegel sah ich wie ein Mann in meinem Alter aus. Früher war ich immer zu alt für mein Gesicht gewesen, jetzt hatte mein Gesicht mich endlich eingeholt. Schön, diese endlich eingeklinkte Harmonie.

Um mir zu beweisen, dass alles in bester Ordnung war, zündete ich eine *MONTECRISTO* an und schmauchte so genüsslich wie möglich in die Nacht. Davor entfernte ich das Fliegengitter. Durch ein Fliegengitter Zigarrenrauch zu blasen war ein bisschen wie Whiskey mit Strohhalm zu trinken, nur umgekehrt. Kein Stiltipp jedenfalls.

Vor meinen Fenstern lag der *Park*, wie sie hier sagten, eine Wiese mit Eichen, um die ein u-förmiger Weg führte. Links schimmerte kreidig das Hauptgebäude, ein zweistöckiges Gutshaus mit grünen Türen und kleiner Freitreppe. Die Laternen am Weg waren gerade hell genug, um einzugrenzen, was man nicht sah. Ihr Licht schmiegte sich von unten an die hohen Eichenschatten. Dahinter lag als graue Ahnung die Kapelle, die ich noch nicht betreten hatte. Daneben die Gräber der Adelsfamilie, auf deren ehemaligem Gut ich mich befand. Als die Sozialisten die Macht übernahmen, sollen die Dörfler das Herrenhaus geplündert und Gemälde und Bücher verbrannt haben. Ob sie den Cognac auch verbrannt haben, ist nicht überliefert.

Rechts führte die Hauptstraße vorbei, quasi unbenutzt. Der Park war öffentlich, laut Besucherordnung aber nur bis neunzehn Uhr geöffnet. Die drei Leute, die hier arbeiteten, machten sich allerdings nicht die Mühe, die Tore zu schließen. *Die sind eh so niedrig*, sagte der Koch. Und im Dorf wohnten ohnehin kaum fünfzig Personen. Alles nette Menschen bestimmt. Psychopathen lebten ja nicht in putzigen Dörfern, sondern entweder allein im Outback, mit dem Pick-up zwischen ihren Folterkellern pendelnd, oder in apokalyptischen Megacitys, wo sie in himmelhohen Penthäusern zu Mozarts Requiem mit Damaszenermessern Jungfrauensushi zubereiteten.

Ich schaute auf die Uhr. Fast zwei. Die Zigarre knisterte. Meine Hände waren schweißnass: das Klima, der Kreislauf, die Kunst. Ich trank aus der Flasche und versuchte nicht zu denken. Das machte alles nur verwirrender. Da sah ich etwas. Deutlich erkannte ich zwei Menschenbeine zwischen den Bäumen. Jemand lief in hellbraunen Schuhen über den Rasen. Bald eilig, bald zögernd, blieb stehen, wechselte die Richtung. Kein Stipendiat, der spazieren ging. Dann war er im Dunkel verschwunden. Ich beobachtete den Weg, ob er dort wieder auftauchte. Nichts. Jemand versteckte sich. Sollte man das nachts um zwei sympathisch finden?

Ich war jung, fit und nüchtern, also ging ich raus, um nach dem Rechten zu sehen. Die Sonnenbrille hatte ich clevererweise abgesetzt, damit mein Pantherblick wen auch immer mit vollem Impact traf. Wer konnte das schon sein außer einem dementen Landwirt aus der Umgebung? Schließlich hatte ich früher Hanteln geschwenkt. Außerdem war ich toxisch und konnte weit spucken.

Nachdem ich den leeren Weg sorgfältig drei Meter in beide Richtungen entlangpatrouilliert war, wagte ich mich zwischen die Eichen und überlegte vorab, wie man eine Zigarre als Waffe benutzen könnte. Im Dunkel hörte ich ein Keuchen. Ich blieb stehen und hielt mich an einem Stamm fest. Damit man mich sah und es mit der Angst bekam, zog ich kraftvoll an meiner *MONTECRISTO*. Es glühte und knisterte effektvoll. Ich stellte mir vor, in einem dämonischen Glutschein angeleuchtet zu werden wie der Koloss von Rhodos durch das Griechische Feuer einer unter ihm tobenden Seeschlacht. Stille. Ich pustete eine unsichtbare Tabakwolke in den Park. Jemand entfernte sich schleichend. Ich hörte Gras, Laub und Kleidung, die bewegt wurden, und folgte dem Geräusch vorsichtig. Da betrat jemand den Weg. Ich ging in die Hocke, um einen Blick auf ihn im Lampenschein zu werfen, und erschrak. Eine große, vierschrötige Gestalt humpelte mit starren Gliedern davon. Und sie trug nicht etwa helle Schuhe, wie ich vermutet hatte, sondern gar keine. Auch jetzt hoben sich ihre nackten Füße gegen den nächtlichen Rasen ab, bis sie vor der Kapelle ganz ins Dunkel tauchte.

Ich wartete, hielt die Zigarre hinter meinem Rücken und versuchte, kein Geräusch zu machen. Die Aussicht, ein stalkendes Frankenstein-Monster nachts allein zwischen Gräbern zum Kampf zu stellen, reizte mich heute nicht mehr. Ich kehrte ins Haus zurück und sperrte die Außentür doppelt ab. Im Obergeschoss, wo ich einquartiert war, blickte ich prüfend den langen Flur hinunter. An seinem Ende gab es einen Aufenthaltsraum, Fenster, eine zweite Treppe, unten die Bibliothek und mindestens noch zwei Außentüren. Ich schloss mich im Zimmer ein und saß eine Weile beunruhigt vorm Schreibtisch. Glücklicherweise besaß ich dieses sehr zeitgemäße Talent, drängende Fragen und Probleme durch besorgtes Schauen in nichts aufzulösen. Durch zentriertes Atmen quasi, wie ein Zen-Mönch oder eine Zeder. Achtsamkeit war das Geheimnis: Sensibles Hinhorchen auf das Problem gibt einem flugs das Gefühl, sich ihm erschöpfend gewidmet zu haben, das vom Gefühl, dieses Problem zu lösen, kaum zu unterscheiden ist.

Zum Einschlafen ließ ich einen Film von Wim Wenders laufen.

Besser als Valium.

acht

Ich träumte von nuschelnden Menschen mit fettigen Haaren, die soßenfarbene Kleider anhatten. Alles war wie in einem deutschen Autorenfilm. Ich irrte durch eine Raumzeit aus Sichtbeton und Nieselregen. Nichts, nicht einmal einen Schnürschuh oder eine Fahrradkette wollte man Außerirdischen als Gastgeschenk mitbringen. Als hätte Gott die Konzepte *SCHÖNHEIT* und *GLAMOUR* durch das Konzept *GELSENKIRCHEN* ersetzt.

Und als ich aufstand, wurde es nicht besser. Ich machte meine Liegestütze, duschte, frühstückte drei Multivitamintabletten und fühlte mich noch immer nicht wie jemand, der gern ein Hawaiihemd trug.

Draußen war es sonnig und sommerwarm. Insektenwetter. Ich setzte das Fliegengitter wieder ein und las meine Romananfänge.

Na ja. Ulkig.

Ein paar nette Ideen.

Irgendwo zwischen schräg und egal.

Keiner dieser Anfänge war ein guter Romananfang, weil keiner etwas bot, was einen Roman verlangte. Es waren Einstiege in Kurzgeschichten, die man auf zehn, zwanzig Seiten wegerzählte oder vieldeutig abbrechen ließ. Aber ein Roman war der Rahmen für ein Leben. Das passte nicht in einen Film oder ein Bild. Romane waren episches Großformat. Weitwinkel, Totale. Wer eine Schale Obst hineinstellte, machte sich lächerlich. Witzige Sprüche und ein Hemd mit Ananas reichten einfach nicht.

Ich trank ein kleines Zahnglas Flüssigbirne, um die harte Wahrheit zu verkraften: Das war Müll.

Ich hatte kein Romanprojekt.

Was machte ich hier?

Warum ich in dieser Gegend trotzdem bestens aufgehoben war, setzte mir Silke auseinander, während ich vor ihrem Büro auf meine Bibliotheksführung und -führerin wartete. Silke roch nach einem fettig-fruchtigen Kosmetikum, als hätte sie sich mit einem hausgemachten Butter-Bananen-Stampf eingeschmiert. Ich fragte mich, ob dieser Geruch mit ihrer Körperfülle, ihrer Akne oder ihrer Schwangerschaft zu tun hatte.

Sie hielt einen kleinen geografischen Vortrag. Natürlich kam sie von hier. Dies sei das niedrigste Mittelgebirge Deutschlands. Weil die Höhenunterschiede innerhalb der Region aber so unauffällig wären, hätte man das Gefühl, es sei gar kein Gebirge.

„Es gibt keine Hügel", bestätigte ich.

„Das täuscht!"

Es gebe *einen* Hügel, eben das Gebirge selbst.

„Und wenn man auf dem Hügel steht, kann man ihn natürlich nicht sehen."

Ich hielt meine Klappe.

Sie fachsimpelte von Gletscherendmoränen und Urstromtälern, kam nach wiederholtem Räuspern meinerseits endlich zu den Preußen und machte mir ein bisschen Angst mit dem Satz: „Ich könnte da noch ganz viel drüber erzählen."

Sie lächelte steif.

„Ich liebe meine Heimat", sagte sie.

Ich beobachtete ihren Blick. *Na und?*, stand darin, als sei dieses Bekenntnis ohne Trotz unmöglich.

Je unscheinbarer eine Landschaft ist, desto mehr gehört geografisches oder historisches Spezialwissen zur Heimatliebe. Als wäre irgendein Ödland schon deshalb liebenswert, weil darunter seltene Sände lagern, sich Quarzit und Sinter gute Nacht sagen oder elfhundertachtzehn Markgraf Diepold III. hier auf seinem Hochzeitszug ein Schwein tranchiert hat. Heimatliebe, gerade in der regionalistischen Sparversion, hat doch immer etwas Stures, Tristes, Hoffnungsloses an sich. Wie wenn die falsche Braut zur Hochzeit kommt und man sie trotzdem nimmt. Zufallsliebe. Als ob man etwas auf gut Glück bestellt, indem man einfach sein Geburtsdatum als Bestellnummer eingibt, und das Produkt in jedem Fall superfantastisch findet. Selbst wenn es nur eine Riesenpackung Allzwecktücher ist. Oder ein Futtermehl für Tiefseefische. Irgendwie auch schön, diese Bescheidenheit. Der Regionalismus ist der Umsonst-Laden unter den Gesinnungen. Ein Griff in den Altkleidersack, bevor man in die Oper geht. Ich nahm mir vor, genauso positiv, genügsam und schicksalsfreundlich zu werden.

Schon im nächsten Leben.

„Becker, richtig?"

„Decker! Mit D wie Distel."

„Ach ja. Waren Sie schonmal in der Bibliothek?"

Anja arbeitete montags hier. Sie hatte goldblonde Haare, frische Haut und hinter einer weißen Brille freundlich-ruhige Augen. *Wie ein Engel*, hätte Günter Grass oder Dagmar von *DAGMAR'S IMBISS* gesagt. Für einen Engel war sie allerdings zu schwer.

„Nein.“

„Ist für Ihr Projekt Recherche nötig?“

Diese professionellen Ausdrücke machten mich ganz fickrig.

„Wir können uns auch duzen.“

Ironisches Blinzeln: „Gut. Äh. Ich heiße Anja.“

„Brinus!“

„Wenn nämlich ja, können Sie – kannst du gern den Bibliotheksschlüssel bekommen.“

„Klar, nehm ich.“

Das war nicht die Antwort auf ihre Frage, sagte mir Anjas Blick.

Welche Frage nochmal?, sagte mein Blick.

„Schön, dann... gehen wir doch kurz rüber und ich zeige Ihnen alles.“

Ich mag Bibliotheken. Bibliotheken sind die besseren Menschen. Sie riechen gut, sind nie laut und haben immer Interessantes mitzuteilen. Die Genforschung sollte daran arbeiten, Menschen in etwas Bibliotheksähnliches zu transformieren. Altpapier meets Transhumanismus.

„Das ist unser Ehemaligenapparat“, sagte Anja und tippte mit einem kurzen Nagel an den ersten Buchrücken der Reihe. „Diese Ausgaben haben uns die Stipendiaten gespendet.“

Ich las die Namen. Einige kannte ich. Alban Nikolai Herbst. Steffen Kintsch. Olga Tokarczuk.

„Es wäre schön, wenn Sie uns auch ein Buch von Ihnen überlassen könnten, damit die Sammlung vollständig bleibt."

Es gab kein Buch von mir.

„Logisch", sagte ich.

Bei einem Namen blieb mein Blick hängen: *NERO CAM-PANELLA*. Ich wusste von keinem Autor, der so hieß, aber diesen Namen kannte ich trotzdem. Aus Köln? Ich erinnerte mich an ein starres Gesicht unter schwarzem Haar. Einer der Schüler vielleicht, die ich als Vertretungslehrer während meiner Promotion kurz unterrichtet hatte?

„Das haben wir ganz neu", sagte Anja, die mich beobachtete. „Kennen Sie's?"

Ich zog den Band heraus. Nicht dick, lateinischer Titel, mehrere Motti. *ROMAN*.

„Nee."

„Das hat er hier geschrieben. In zwei Monaten."

„Sieh an."

„Kein sehr geselliger Mensch." Anja lächelte verständnisvoll. „Sehr fokussiert eben." Ihr Blick tastete mich ab. „Nur zwei Mahlzeiten am Tag. Kein Alkohol."

Hüstelnd schlug ich das Buch auf: Ich-Form, Umgangssprache, kurze Sätze, dialogreich. Marktgängiger Jungautor. Ich klappte das Ding zu.

„Danke für den Schlüssel."

Im Flur blieb Anja vor einer großen Magnetwand mit Zeitungsausschnitten stehen. Auf einem Foto erkannte ich Mirzali, den Übersetzer ins Usbekische, auf einem anderen Aslan, dirigierend.

„Wenn Sie auch in den *PELTOWER BOTEN* möchten, können Sie sich an mich wenden. Schreiben Sie mir kurz auf, worum es in Ihrem Buch geht, und dann machen wir ein Interview."

Ich nickte bedächtig, als müsste ich mancherlei abwägen.

„Worum geht es denn in Ihrem Buch?"

„Wir waren doch schon beim Du."

„Entschuldigung: in deinem Buch?"

Ich setzte ein tiefsinniges Schriftstellergesicht auf, im Ausdruck zwischen Sitting Bull und Peter Sloterdijk. Die Sonnenbrille und der Mundschutz störten dabei etwas.

„Es ist ein Experiment", faselte ich ahnungslos drauflos. „Ich nenne es *Method Writing*."

„Aha."

Zum ersten Mal sah sie mich interessiert an.

Shit, eine Intellektuelle, dachte ich.

„Und was bedeutet das?", fragte Karo.

Ich erklärte dem illustren Mittagstisch, was *Method Acting* für das Kino bedeutet hatte.

„Die Schauspieler versuchen nicht mehr, etwas nachzuahmen, sondern das, was sie spielen, zu erleben. Eigentlich spielen sie also nicht anderen, sondern sich selbst etwas vor, was sie intensiv verkörpern und mittels Mentaltechniken fast schon wahrzunehmen glauben."

„Authentizität", seufzte Aslan.

„Der Schein wird scheinbar, weil er wahr wird", hegelte ich.

„Cool", fand Franz und ließ den Braten wieder vor seinen Lippen zurücksinken. „Ist das von Adorno?"

„Von wem?"

„Das Wirkliche, als Illusion verkleidet", prahlte Karo.

„Und mit Unwirklichem vermischt!", forderte ich.

„Und was ist jetzt deine neue Idee?", fragte Regina noch einmal.

„*Method Writing* bedeutet: Der Autor schildert nicht ab und denkt nicht aus, er schreibt aus dem eigenen Erleben, seine Figuren sind er oder Teile von ihm –"

„Oder ihr."

„– er glaubt selbst, wofür er sie argumentieren lässt, aber er glaubt auch ihren Gegnern, die sie widerlegen, er ist kein Stimmenimitator, er hat tausend Stimmen, er kennt keine Richtung, er geht alle Richtungen, er ist ein Mosaik der Welt, er recherchiert keine Ängste oder Obsessionen, er trägt sie in sich, er paust keine Monstren oder Götter aufs Papier, die ihm nicht selbst begegnet sind!"

Mirzali stand auf. Es missfiel ihm, wenn Leute unter sechzig so viel redeten.

„Es gibt zwei Wege für einen guten *Method Writer*: äußeres und inneres Erleben, Welt und Vorstellung, Aktion und Kontemplation, Feldherr oder Heiliger, Abenteuer oder Wahnsinn!"

„Wunderbar!", machte Monique, die alles wunderbar fand, was nichts mit ihrem Leben zu tun hatte.

„Vielleicht beides, aber nichts dazwischen! Nie wieder überkonstruierte Thriller, Thesenromane, Alltagsprosa, Generationenschmu, Dokumentartheater und zusammengekarrte Historienschmöker! Der Autor als Erlebnismaschine, durch die alles physiologisch hindurchfährt – Selbstmord und Apokalypse, Offenbarung und Ekstase ebenso wie tausend Arten Weisheit und Verblendung!"

Ich war von starren, asymmetrischen Mienen umgeben.

„Wenn du aus der Sicht eines krebskranken Serienmörders erzählen willst, dann bekomm erst Krebs und bring ein paar Leute um!", tönte ich.

Franz und Monique lachten. Lachen ist Zustimmung, die nichts kostet.

„Kennst du die *JOSEPH*-Romane von Thomas Mann?", fragte Aslan langsam.

Ich ignorierte ihn. Man sollte eine Theorie erst einmal gründlich entwickeln und auftakeln dürfen, bevor man sie gleich wieder mit Gegenbeispielen versenkte. War Unsinnsproduktion nicht genau das, was uns zu Menschen machte?

„*Method Writing* heißt in einem Satz: Erzähle von keiner Hinrichtung, die du nicht selbst erlebt hast!"

„Science-Fiction und Fantasy scheinst du nicht sehr zu mögen", vermutete Karo.

„Moment mal, ist das nicht das Gegenteil von deinem Projekt?", fragte der blitzgescheite Franz jetzt kauend. „Das war doch so was Dystopisches, oder?"

Ich gab zu, mein Romanprojekt upgedatet und meiner rasanten künstlerischen Entwicklung angepasst zu haben. Ich sagte nicht, dass ich es aufgegeben hatte, nur, dass ich es mit dieser neuen Methode weiterführen, ja *forcieren* wollte.

„Das schließt sich ja nicht aus", erwiderte ich dialektisch-dement.

In Wahrheit brauchte ich einfach irgendein Etikett für das, was ich hier tat oder nicht tat, eine Antwort auf die Frage, zu welchem Zweck ich überhaupt hier war. Autoren sind Marken. Wer beachtet werden will, braucht Werbung und ein Logo. Nietzsche zum Beispiel: irrer Blick über irrem Schnäuzer – ein Marketing-Kracher! Hilfreich war auch ein Programm, eine Ästhetik, ein Markenkern. Und *Method Writing* war eben meiner. Klang schlau und neu und hatte Flair. Wer's ernst nahm – selber schuld.

„Das gibt es schon. Das serapiontische Prinzip bei E. T. A. Hoffmann. Anschaulichkeit bis zum Nacherleben. Und von Rimbaud oder Blake gibt es ähnliche Forderungen. Der Dichter als Seher und so weiter. Tiefstes neunzehntes Jahrhundert."

Aslan wendete mir sein kühles, pharaonisches Gesicht zu.

Ich wusste, dass er wusste, dass ich eine Rolle spielte. Dass ich einen Mann mimte, der das Ergebnis einer Überlegung präsentierte und nicht seine erste Idee, dass ich nur improvisierte, hinkritzelte und so tat, als wär's ein Kupferstich.

Er sparte sich die Mühe, mich ernster zu nehmen als ich mich selbst, griff sich eine Tasse und kehrte mit einem doppelten Espresso zügig in seine Orchesterschaltzentrale zurück, sein Klangplanetarium.

„Na ja", sagte Monique melancholisch, „in der Kunst war auch alles schonmal da."

Ja, dachte ich, der Gedanke, dass wir sowieso ausnahmslos Versager sind, ist immer der beste Trost.

Sogar Karo stand jetzt auf, als wollte sie etwas arbeiten.

„Lydia kommt jar nich' mehr zum Essen, wa?", fragte Regina sozial.

„Sie hat doch Angst vor dem Stalker", sagte Karo und verdrehte die Augen.

Wie alle Leute, die gern unter Leuten sind, liebte sie es, über Leute zu lästern.

„Es gibt einen Stalker?", fragte ich.

„Keine Ahnung. Sie sieht nachts Männer."

In Karos Blick blitzte etwas auf. Ich will nicht sagen: Neid.

Nachdem ich im Park einen trüben Teich entdeckt, auf einer Bank dort weggedämmert war und eine halbe Stunde gebraucht hatte, um zu wissen, wo ich mich warum befand, schlich ich zurück zum Schreibtisch.

Vielleicht sollte ich, bevor ich irgendwas zusammendichtete, mich wirklich auf meinen Erlebnisapparat besinnen, meine empirischen Daten, den Text aus den Wahrnehmungen kondensieren. Eine Art Selbstreportage. Nicht die schlechtesten Schriftsteller waren genauso vorgegangen.

In dem Fall half es freilich, Wahrnehmungen zu haben. Also einen klaren Kopf und Körper. Eine Urteilskraft,

die mich aus dem Bühnennebel meiner Selbstverwir-
rung herausführen könnte. Ein Gedächtnis. Ein gläsernes
Bewusstsein.

Ich öffnete den Schrank, nahm alle drei Packungen heraus und drückte circa hundertzwanzig *DIAZEPAM* aus
den Blistern (so heißen diese Aluschablonen), wickel-
te sie in Klopapier und spülte sie in mehreren Portionen
in den Abfluss. Heute Nacht würden die Ratten wirklich
schlafen.

Dann beginne ich zu schreiben. Ich-Form, Alltagsspra-
che, klare Sätze, abgelauschte Dialoge.

neun

In meinem Arbeitsleben kam ich nicht zum Schreiben.

Ich hatte einige Monate zuvor eine Stelle beim saarländischen Landesarchiv annehmen müssen, wo ich im Rahmen eines von der Deutschen Forschungsgesellschaft mit 50.000 Euro geförderten Projektes zur Digitalisierung von Beständen zur saarländischen Wirtschaftsgeschichte den ganzen Tag am Kopierer hing und Akten *zum Stand und zur Entwicklung des technischen Betriebes der Gruben im Saarrevier, vor allem zu der in der zweiten Hälfte des 19. Jahrhunderts fortschreitenden Vermehrung von Tiefbauanlagen, deren Förderleistungen und Absatzmärkten sowie zur fachlichen Aus- und Weiterbildung und gesundheitlichen Situation der Bergarbeiter* einscannen durfte.

„Sitzen ist das neue Rauchen", sagte mein Chef jedes Mal, wenn er schulterklopfend an mir vorbeiging.

Er fühlte sich mit seinem Mathematikdiplom ebenso überqualifiziert wie er wähnte, dass es ein Philosoph am Kopierer wäre.

„Deshalb ist Stehen noch nicht das neue Joggen", entgegnete ich. „Außerdem rauche ich ja."

Wortspiele schmeichelten ihm.

„Dann ist das statistisch gesehen das Gleiche wie wenn du einen sitzenden Beruf hättest und Nichtraucher wärst."

„Dann hätte ich aber Geld auf dem Konto."

Er winkte ab, die Lieblingsgeste des Saarländers: „Das versäufst du doch nur!"

Diesen oder einen ähnlichen Dialog führten wir mehrmals die Woche, monatelang. Bis ich an einem verkaterten Montag ätzte:

„Ironischer Smalltalk ist das neue Alzheimer."

Danach räusperte er sich nur noch, wenn er vorbeiging.

Auf die Art hatte ich bald alle Kollegen und Kolleginnen zumindest in meiner Gegenwart zum Schweigen gebracht. Es wirft kein gutes Licht auf meinen Charakter, aber ich empfand das als Erfolg. Sympathie war die Blechwährung des untergehenden Abendlands. Gemocht-Werden-Wollen war Behindertensport. Eine Einstiegsdroge in soziale Abhängigkeiten, die einen irgendwann zum Spießer oder Nazi machten.

Ein Jahr davor hatte ich schon eine Stelle als *Sachbearbeiter für die Organisation und Durchführung des Zensus 2022* und dann noch eine als Schreibkraft beim *AMT FÜR STADTGRÜN UND FRIEDHÖFE* aufgegeben – letztere nur deshalb, weil ich mir ein winziges Büro mit einem hautkranken Glatzkopf teilen musste, der mich seine widerlich faulgasigen Darmwinde einatmen ließ – und mir damit die Unduldsamkeit meines persönlichen Sachbearbeiters beim Jobcenter eingehandelt. Er hieß Wuttke und sah schlicht und simpel aus wie Hitler – wenn auch in subtiler Verkleidung, nämlich vollständig rasiert. Sein stechender Blick jedenfalls, als er mir „einen letzten vernünftigen Vorschlag" machte, bevor er „substantielle Kürzungen in Betracht ziehen" müsste, überzeugte mich. Ich bewarb mich erfolgreich beim Landesarchiv.

„Sie sind doch ein Büchermensch!", knurrte Wuttke aufmunternd aus diesem Zwischenreich von Preußen, Mitleid und Sarkasmus, das Leute wie er professionell bewohnten.

Mit der Aussicht auf wieder acht Stunden Umblättern und viertausend Mal denselben Knopf Drücken morgens aus dem Bett zu kommen, war mir nur möglich, wenn mich ein Feierabend erwartete, der die negative Vitalitätsbilanz zumindest in Richtung gleichgültiger Nullpunkt zurückbiegen konnte. Auf vier Stunden freie Zeit mussten alle Wirkstoffe konzentriert werden, mit deren Hilfe die heruntergedimmten Körperfunktionen wieder zu gleißen begannen, neuronale Spitzenfrequenzen erreicht und kurz darauf Erschöpfungszustände induziert würden, die mich ohne Bedenkzeit einschlafen ließen.

Das ging bei mir nur mit Sport, Sex, Drogen, Alkohol, lauter Musik, ungesundem Essen, illegalen Medikamenten und gewaltverherrlichenden Unterhaltungsmedien – idealerweise mehreren davon zugleich, wobei sich bestimmte Kombinationen natürlich eher anboten als andere.

Manche Leute konnten die gleichen Euphoriepegel angeblich durch Heilschlaf erreichen. Oder Katzenbilder. Ich war eben kein Minimalist.

Um die werktags insgesamt eher flache Endorphinkurve am Wochenende zu einer phalloiden Ausbuchtung aufhechten zu lassen, konnte man das Feierabendprogramm mit mehr Teilnehmern, höheren Dosen, besseren Produkten, an gefährlichen Orten, gefesselt oder einfach dreimal täglich wiederholen.

Verständlich, dass es mir bisher trotz entsprechender Ambitionen nicht gelungen war, den ersten großen

Saarland-Roman zu schreiben, *DIE BUDDENBROOKS* der Arbeiterklasse, ein zweitausendseitiges postpostmodernes Erzählmonster, das seine Leser psychisch und mental zerfleischen würde wie ein mit Schwertwal-DNA gekreuzter Dostojewski, dem man eine Mischung aus Absinth und Speed spritzt und befiehlt: „Schreib eine *NETFLIX*-Horror-Serie, die den Nobelpreis für Physik gewinnt!"

Um etwas in der Art zu dichten, brauchte ich Urlaub.

Als Hartmut schrieb, dass mir das Stipendium erwartungsgemäß zugesprochen worden war und ich mit dem Künstlerhaus in Brandenburg einen Termin vereinbaren sollte, überredete ich meinen Chef, mir sechs Wochen Urlaub zu geben.

„Ihren ganzen Jahresurlaub auf einmal?"

„Meine Eltern sind gestorben."

„Alle beide?"

„Ich hatte nur zwei."

„Und woran?"

„Autounfall."

„Ist ja schrecklich! Hier im Saarland?"

„Nein, im Kosovo. Bei der Bärenjagd auf eine Mine gefahren."

Damit waren alle Zweifel ausgeräumt. Ich würde mich am fünfzehnten September in Brandenburg einquartieren. Ich würde verpflegt werden, müsste mich um nichts kümmern und hätte sieben Tage die Woche den ganzen Tag und die ganze Nacht zur eigenen Verfügung. Jetzt oder nie könnte ich wahrmachen, was mir mein ganzes

Leben schon als einzig halbwegs lohnendes Ziel, wenn auch fern vor Augen gestanden hatte: einen Roman zu schreiben.

Etwas zu hinterlassen, das nicht starb.

zehn

Am nächsten Tag stand ich um acht Uhr auf und komponierte mir im Speiseraum ein Müsli. Hafer, Früchte, Sojamilch. Ohne Honey-Crunchy-Crumbles. Ohne Ritalin. Ich stapfte zurück an meinen Arbeitsplatz und aß schreibend. Die Worte waren wie Tanzschritte. Federnd, wohlgesetzt, eins gab das andre.

Es war halb zehn, als ich zum ersten Mal das Stöhnen hörte. Ich erkannte Lydias Stimme. Sie schien im Zimmer nebenan zu wohnen. Bisher hatte ich kaum ein Geräusch von dort gehört. Es war schnell klar, dass sie nicht unter Schmerzen litt. Bald stöhnte sie mit jedem Atemzug. Laute, langgezogene Lustäußerungen, an deren Ton und Stärke ich den Verlauf ihrer Ekstase so genau ablesen konnte, wie wenn sie mir ein Schaubild gezeichnet hätte.

Meine Finger schwebten mitten im Satz über der Tastatur, reglos wie die Schnurrhaare einer lauernden Katze.

„Ja, ooh! OooOoOoOoOhh, jaaaaa!"

Lydia kam.

Ich holte tief Luft und las den Absatz noch einmal. Da konnte man zwei Adjektive steifen, äh streichen.

Nach fünf Minuten ging es wieder los. Wilder und wortreicher als vorhin.

„Ja, da – bitte! Oooohh, Gooott!"

Ich lehnte mich zurück, schloss die Augen und dachte an Krautsalat und Angela Merkel.

„So, ja-ja-ja!! Aaaah, geil, jaaaa ... oOoOohhhhh!"

Ich verstand jede Silbe. Außer Lydia hörte ich niemand. Als sie wieder kam, kam es mir fast auch. Ich beendete meine Qual, wie man so sagt, in einem Handstreich.

Das war die erste von mehreren Runden.

Endlich war es still. Ich lag wie ein ausgedorrter Eidechs auf dem Bett, bis es Zeit war zum Mittagessen.

Monique, die eigentlich Monika und mit vollständigem Künstlerinnennamen *Monique Ludique* hieß, erzählte raumgreifend von ihrem neuen *Schuh-Projekt*. Ich hörte kaum hin. Es ging wohl darum, dass sie winzig kleine Schuhe bastelte. Niemand außer ihr selbst gab Kommentare dazu ab.

Mirzali reichte Regina ein Schüsselchen Obstsalat zum Dessert, aber sie wollte gar keinen. Halb Onkel, halb Kavalier, mühte er sich vergeblich, der Feministin sein Geschenk aufzunötigen.

Lydia saß wieder nicht im Speiseraum.

Am Nachmittag spazierte ich durchs Dorf, um über die Handlung meines Romans nachzudenken. Stattdessen konzipierte ich eine eigenschaftsarme Figur, die Lydia heißen, wie Lydia aussehen und wie Lydia stöhnen sollte. Ich hatte keine Geschichte zu ihr, aber vielleicht ergab sich ja noch eine ...

Das Dorf war selbst für ein Dorf deprimierend. Schmucklos, freudlos, trostlos. Ein paar alte Leute reinigten, warum auch immer, penibel den Rinnstein. Eine feiste Frau mit schwarz gefärbten Haaren und Aussichten auf den Titel schlechtestgelaunter Neandertaler aller Zeiten hielt ihren Pitbull ohne Überzeugung davon ab, mich zu zerfetzen. Dass alle Bewohner inzwischen buntbemalte Körper hatten, unbehelligt durch die Gegend vögeln durften, feinstes Dope genossen und

zwei Mal jährlich am Mittelmeer chillten, hatte beden-
kenswerterweise die Stimmung in deutschen Dörfern
überhaupt nicht aufgeheitert. Ich versuchte, es auf eine
Formel zu bringen:

Dorf = Friedhof - Würde + Arbeitengehen

Als ich durch die offene Zufahrt in den Park zurückkehr-
te, sah ich von weitem einen blonden Jungen, der frisch
die Treppe zum Hauptgebäude hinaufsprang und durch
den Eingang verschwand. Noch ein frühreifer Komponist? Oder ein Dieb? Sollte ich dem Bauernlümmel
folgen und ihm den Rückweg zeigen? Da ich niemanden
beaufsichtige, ohne dafür bezahlt zu werden, ließ ich es
und stieg gleichgültig in mein Zimmer hinauf.

Nebenan blieb es still.

Der Junge aß mit uns zu Abend. Wohl wirklich ein
Stipendiat. Allerdings war es kein Junge, sondern eine
Frau mit Pixie-Haarschnitt. Und dieses Mal war auch
Lydia anwesend. Sie trug dieselbe Kleidung wie vorges-
tern, aber ihre silbergrauen Locken standen ab, als wäre
sie erst aufgestanden, und ihr purpurner Lippenstift war
um den Mund herum verschmiert – ein verführerischer
Gothic-Sex-Clown.

Es gab Nudeleintopf mit Tomaten, Pilzen und geras-
peltem Käse, Salat und für jeden ein Stück Cheesecake.
Lydia hielt den Kopf dicht über ihrer Mahlzeit, aß alle
Gänge der Reihe nach auf, wischte mit Brot die Reste vom
Teller, trank zwei Gläser Wasser, ein volles Glas Wein und

lutschte zum Abschluss, hemmungslos schmatzend und saugend, das Süße aus einer Feige...

„Er hört dich gar nicht", sagte jemand.

„Brinus!"

„Ja!"

Karo wollte etwas: „Geht's mit deinem Roman voran?"

„Is' die Welt schon unterjegangen?", fragte Regina heiter.

Sozialisten freuten sich ja immer, wenn der Schwamm der Weltgeschichte tabula rasa machte. Und obwohl das schon mehrmals vorgekommen war, hatten sie bisher mit ihren Schönschreibgriffeln immer vergeblich bereitgestanden. Auf die schwarze Tafel hat bisher niemand sonst als der Zufall seine blutigen Chiffren gekrakelt.

„Ja, erzähl doch mal!"

Ich rapportierte dröge aus der Schreibwerkstatt. Nicken. Kauen. Mhm. Aha. Seinen Mitmenschen detailreich aus dem Alltag zu berichten, war ethisch das Gleiche wie sie zu zwingen, sich acht Mal hintereinander die Zähne zu putzen. Entsprechend motiviert war ich bei sowas.

An diesem Abend schrieb ich zweieinhalb Normseiten, ohne dabei zu rauchen, zu trinken, zu onanieren oder Medikamente einzunehmen. Ich tat wahrhaftig nichts als schreiben – und es funktionierte. Hatte ich es nicht immer gewusst? Um Mitternacht lag ich im Bett und alles war gut.

Dann fing es wieder an.

Diesmal stöhnte Lydia nicht einfach, nein, sie japste, jammerte und schrie. Die Wand an meinem Kopfende zitterte im Rhythmus ihres Lustirrsinns. Das ging sehr lange so. Die interessantesten Geräusche und Befehle drangen herüber. Ich hatte märchenhafte Barbareien so farbig vor Augen, als hätte Michelangelo das Kamasutra als fluoreszierendes Fresko auf meine Decke gepinselt. Es gab kurze Pausen, vermutlich Stellungswechsel, nach denen die Intensität sich wieder steigerte, und nach vier oder fünf solcher Pausen, während das ganze Gemäuer unter paroxystischen Liebesstößen erbebte, explodierte nebenan ein nuklearer Orgasmusball in Lydias Gehirn und fegte alles Lebende und Tote im Umkreis einer Seemeile mit in die nächste Galaxie. –

Völlig verstrahlt und mit Kopfschmerzen kroch ich früh am nächsten Morgen von meinem Single-Lager. Mit länger werdenden Pausen war das Fest des Fleisches bis zum Sonnenaufgang weitergegangen. Ich hatte Venus und Dionysos so reichlich von meinem Rückenmark geopfert, dass ich kaum noch meine Beine spürte. Zugleich fühlte ich mich wie jung verliebt und die Frage, wer Lydia dieses Lustgewitter bereitet hatte, stand wie ein gigantischer pinker Plüschphallus in einer Kathedrale im Zentrum meines Denkens. Hätte sie mich gefragt, ich hätte Lydia sofort geheiratet, selbst wenn sie ein Haus am Stadtrand und zwei Kinder hätte haben wollen.

Zum Glück kam es nicht so weit.

Ich nutzte die Stille, um ein paar Zivilisationspflichten zu erfüllen, duschte, lüftete, rasierte mich und suchte schmutzige Klamotten zusammen. Während ich im Waschmaschinenraum wirtschaftete, hörte ich die Außentür und sah durchs Fenster Lydia über die Wiese schlendern, verträumt wie eine Elfe, ziellos wie ein neckisch angeschubster Pfirsich. Sie verschwand im Hauptgebäude, zum Frühstücksbuffet vielleicht. Sie schien nur zu essen, wenn sie vorher Sex hatte. Was für andere eine Nulldiät bedeutet hätte, funktionierte bei ihr offenbar sehr gut.

Mit solchen Gedanken befasst, erklomm ich die Treppe und schlappte durch den Flur zurück, als sich neben mir die Tür zu Lydias Zimmer auftat.

Frisch und lächelnd trat die knabenhafte Frau heraus, die ich gestern für einen Jungen gehalten hatte. Sie war höchstens einen Meter sechzig groß, sehnig, schmucklos, ungeschminkt, mit klarem Blick.

„Hi", grüßte sie.

„Hal-lo", stammelte ich.

Ich wohne übrigens nebenan, wollte ich hinzufügen, um meine sonderliche Mimik zu erklären und vielleicht ein Gespräch über geheime Lustpunkte des weiblichen Körpers anzustoßen. Aber sie hatte schon beschwingten Schritts den Flur durchquert und mein kurzsichtiges Blickfeld verlassen.

elf

„Kein buntes Hemd heute?"

Anja, mein Bibliotheksengel, lächelte ein bisschen.

Tatsächlich trug ich ein horstgewöhnliches marineblaues Baumwollhemd.

„Und die Brille?"

„Ohne seh ich besser."

„Nicht unbedingt der Sinn einer Brille."

Jetzt lächelte sie tatsächlich. Es war schwer zu sagen, ob sie schon flirtete oder mich nur nicht mehr albern fand. Jede Nuance weiblicher Sympathie wird von Männern ja sofort als Kinderwunsch interpretiert. Manchmal leider zurecht.

„Vielleicht hast du es schon gehört. Christian Kracht kommt nicht."

„Was?" Ich hatte nichts gehört.

„Christian Kracht, der Autor. Wir hatten ihn eingeladen, hier an seinem neuen Buch zu schreiben. Aber er hat leider abgesagt. Er ist mit seinem Pferd in Tansania."

„Mit seinem Pferd."

„Spannend, oder? Er bereist den Ngorongorokrater."

Ich überlegte, ob ich heute Morgen im Traum einen falschen Ausgang genommen hatte.

„Du fragst dich bestimmt, wieso ich dir das erzähle."

Ich ahnte jetzt, warum sie so beschwingt war: Sie hatte Mailverkehr mit Christian Kracht.

„Du kannst sein Zimmer haben."

„Das von Christian Kracht oder von seinem Pferd?"

Anja war das Thema ernst. „Es liegt im Hauptgebäude in der Beletage, sehr ruhig, gegenüber der Orangerie, mit Blick auf die Beete."

Doppelfenster, Doppelbett, alte Möbel, Bad und Toilette getrennt. Nebenan befinde sich ein Leseraum mit kleiner Bibliothek, den man sich nur mit dem *Anna-Seghers-Zimmer* teilen müsste.

„Das steht aber gerade leer. Du hast den ganzen Flügel für dich. Außerdem gibt es zwei WLAN-Hotspots, einer funktioniert fast immer."

Beide funktionierten. Ich verteilte meine wenigen Mobilien, in dem hohen kronbeleuchteten Raum würdig hin- und herschreitend, auf drei knarzende Nussholz- oder Palisanderkommoden, in denen sich der Perserteppich und das gold-rote Deckenfries spiegelten. Ein Biedermeiersofa, auf dem man zwei ausgestreckte Christian Krachts in einer Linie hätte lagern können, ohne dass sie sich berührt hätten, Stühle mit geschwungenen Beinchen und ein gegiebelter Wandspiegel komplettierten das Interieur. Ich arrangierte meine Materialien auf dem Schreibtisch mit Blick zum Schlossgarten. Auf ein Beistelltischlein, das ich heranschob, legte ich Notizbuch, Füller, Klebezettel. Den Whiskeyrest verstaute ich in einem dunklen, unteren Regal.

Schließlich öffnete ich die Schutzhülle und begutachtete meinen Anzug. Abgesehen von einer Falte am Revers, die zugegeben unschön war, wirkte er makellos. Ich strich liebevoll an ihm herab, bis ich das Gefühl hatte, die Falte und mit ihr das Dasein ein wenig geglättet zu haben.

Dann setzte ich mich vor mein Notizbuch und fixierte auf fünf Doppelseiten alle brauchbaren Roman-Ideen, die ich seit meiner Geburt gehabt hatte, in klarer Schrift.

Ich stelle den Wecker auf acht Uhr. Noch im Bett lese ich eine halbe Stunde in Hegels *VORLESUNGEN ÜBER DIE ÄSTHETIK*, um mich zu sammeln. Ich stehe auf, mache sechzig langsame Liegestütze und nehme eine Dusche, wie der Franzose sagt. Um neun frühstücke ich auf dem Zimmer, damit ich ungestört die *FRANKFURTER ALLGE-MEINE* lesen kann, die im Salon ausliegt (und die einzige Zeitung ist, die mir nicht mit Doofheit, Anbiederei und moralischem Gejammer auf den Zeiger geht).

Dann schreibe ich vier Stunden bis zum Mittagessen. Ich sehe Notizen durch, ergänze oder streiche sie, recher-chiere online, verbessere, was ich am Vortag formuliert habe, ändere die Handlung, denke über einzelne Motive und Symbole nach, entwerfe Episoden, zeichne Räume, fabele drauflos, assoziiere Metaphern oder gebe hinter der Maske des Erzählers meine Vorurteile zu Zeitthemen wie Energydrinks, Superheldenfilmen, Altersarmut und Kryptowährungen zum Besten, die mein Lektorat nur dann überdauern, wenn sie nicht nur wahr, sondern auch witzig sind; notfalls auch nur witzig.

Nach dem Mittagessen, befeuert von fünf bis sieben doppelten Kaffeespezialitäten mit sechs von sechs aus-gefüllten Bohnen-Icons auf dem Automatendisplay, mache ich unverzüglich weiter, bis die Sonne untergeht. Meine Autoren-Software – deren Namen ich gern nenne, sobald die Entwicklerfirma mir die vorgeschlagene Ver-gütung dafür auf mein Konto überwiesen hat – zählt die neuen Zeilen und teilt mir mit, wenn ich mein Tagesziel erreiche, das bei hundertfünfzig liegt. Dann bin ich zufrieden, aber höre nicht auf. Pausen oder plötzliche Schwindelanfälle durch Kaffeekonsum verbringe ich auf dem Bett damit, meine nächsten erzählerischen Coups zu planen beziehungsweise mir auszumalen, wie ich nach einer rauschenden Lesung in der Villa Massimo eine Reihe römischer Groupies und internationaler Großverleger abschreite – lorbeerbekränzt, Kreuz durchgedrückt, mit Leopardentanga und Lustpeitsche.

Anfangs ist es mühsam, diese ungedämpfte Wirklichkeit ohne Alkohol und Valium um sich und in sich zu haben wie eine unheilbare Krankheit. Dann aber, während sie hinter meinem rastlosen Getexte allmählich wieder verschwindet, als würde ich mit den erfundenen Sätzen eine Mauer um mich aufziehen, die täglich dichter, dicker, höher wird und von der ich nach einer Woche schon hochmütig auf den Rest der Sterblichen hinabblicke wie der Suffet Hamilkar, Hannibals Vater, von den Zinnen Karthagos auf die um ihren Lohn geprellten Söldner, vermisse ich nichts mehr als den nächsten guten Satz. Bald träume ich Romanideen.

Am Abend lese ich eine Stunde querbeet Romane, um zu ermitteln, ob es da draußen im Universum bessere Autoren gibt als mich, und sie, falls ja, mit Flüchen zu belegen. Die Lektüre hole ich mir aus dem Lesezimmer nebenan. Jeden Abend wähle ich drei, vier neue Bücher, weil ich die vorigen schon satthabe. Die Trends:

» melancholische Familienbelletristik mit dementen Hauptfiguren, die sich liest wie das *HANDBUCH DER HÄUSLICHEN PFLEGE*

» schwarz-weiße Mehrgenerationenromane mit Nazis in den Nebenrollen

» Dorfgeschichten, die anarchisch tun, aber einander ähneln wie Cheeseburger

» Angehörige von Minderheiten, die über ihre Identität als Angehörige von Minderheiten schreiben, weil sie sonst nichts zu erzählen haben

» Romane über historische Personen, die offenbar nicht nur viel Spannenderes als wir Zeitgenossen erlebt haben, sondern sogar viel Spannenderes als zeitgenössische Autoren es sich überhaupt ausdenken können.

Kurz: Ich lecke allabendlich lustlos an den mürben Schenkeln der Gegenwartsschreibe. Und nicht weil ich niemand beleidigen möchte, sondern nur weil ich nicht will, dass die Beleidigten eine Brinus-vom-Schrock-Voodoopuppe mit Lesungen aus ihren Texten quälen, verschweige ich die Namen jener, deren dünne Buchstabensuppen ich dutzendfach gekostet und in weitem Bogen durch das nicht von Christian Kracht bewohnte Biedermeierzimmer ausgespien habe.

Fast vorfreudig ziehe ich eines Nachts Oswald Spenglers *DER UNTERGANG DES ABENDLANDES* aus dem Regal. Weil ich wissen will, wie es ausgeht, überspringe ich zwölfhundert Seiten und stoße immerhin auf einen merkenswerten Satz: *Eine Macht lässt sich nur durch eine andere stürzen, nicht durch ein Prinzip, und es gibt dem Geld gegenüber keine andere. –*

Um endlich abzuschalten und meinem in Metaphern, Pointen und Satzsynkopen wie ein psychopathischer Pferdemetzger knietief watenden Esprit das Weiße Rauschen zu gönnen, den hirnlos großen Frieden des Glotzens, den totalen Reflexionsexit, schaue ich vorm Einschlafen *NETFLIX*. (Hätten Sie etwas mehr überwiesen, liebes Marketing-Team, wäre der Satz sicher freundlicher ausgefallen...) Ich sehe mir alle verfügbaren Superheldenfilme und genügend Thriller an, um mit den Folterszenen daraus eine durchschnittliche siebte Klasse eines deutschen Gymnasiums wenigstens zwei Nachmittage zu bespaßen. Der gefolterte Held scheint wie ein säkularer Christus genreübergreifend zu kursieren, nur romantische Komödien und die *PEANUTS* kommen noch ohne sadistische Verhöre und Quälkerker aus. Selbst auf Weg zum Waschsalon in einem Künstlerdrama kann man gekidnappt und gewaterboardet werden – sofern man Glück hat und nur in die Hände der CIA gerät. Hat man dagegen seine monatlichen Kokskosten nicht pünktlich ans Kartell gezahlt, wird einem mindestens, und zwar ausschließlich mit Büroartikeln, der Kopf abgebastelt. Außerirdischen Ethnologen könnte es vorkommen, als wären Zwang und Schmerzen geradezu Basisgrößen unserer Welt, die in medialer Konfrontationstherapie eingeübt werden sollten ...

Meine Bewertung zwischen eins und zehn trage ich gewissenhaft nach jedem Film in die *INTERNATIO-NAL MOVIE DATABASE* ein. Das gibt mir das Gefühl, mit hunderttausend anderen Menschen aus allen nichtafrikanischen Ländern gemeinsam etwas zu einem tollen globalen Projekt beizutragen.

HANCOCK bewertete ich am schlechtesten, schon weil Lieblingslehrertypen wie Will Smith generell keine Schauspieler werden sollten. Für *DEADPOOL* war ich zu ungebildet, vom *SUICIDE SQUAD* bekam ich Kopfschmerzen, bei den *DARK-KNIGHT*-Filmen versuchte ich zwanghaft den Monitor heller zu stellen. *IRON MAN* gehörte für mich in denselben Karton wie *TATORT*, *ABBA* oder Peter Handke: nicht witzig, nicht ärgerlich, nicht spannend, nichtmal immer schlecht gemacht; nur betäubend uninteressant und für jeden, der nicht daran verdiente, völlig belanglos. Die unsterbliche Selbsthilfegruppe *THE OLD GUARD* war mir zu philosophisch. Die *SUPERMAN*-Sagas von Zack Snyder fand ich rührend in ihrem vergeblichen Bemühen, irgendwie um den idiotischen Story-Kern vom irre starken Mann herumzukommen und nebenbei noch etwas zu erzählen, was nicht nur Vierjährige interessieren könnte. Viele Superhero-Movies waren wohl genau aus diesem Grund mit tiefsinnigen Dialogen und Gedankensplittern aufgeraut: weil sie sonst absolut rein nichts bedeutet hätten.

Alles in allem fühlte sich mein Filmkonsum zwischen kostümierten Übermenschen, unbesiegbaren Agenten und soziopathischen Lateinamerikanern komischerweise sehr gemütlich an, ein bisschen wie auf einem großen bunten Gummifloß über einen unendlichen Whirlpool aus Blut und radioaktivem Schleim zu gleiten. Ich hatte dieses heimatliche 8oer-Jahre-Feeling, als man endbekifft auf dem Sofa hing und zu explodierenden Fahrzeugen und Hülsengeklimper langsam wegdöste, unter halb geschlossenen Lidern noch einmal in Zeitlupe wippende Frauenärsche oder ein straff flatterndes Sternenbanner vor sich.

Mit gehobener cineastischer Unterhaltung – die es auf NETFLIX zweifellos auch gibt (Nachzahlung dankend erhalten!) – kann ich leider nicht viel anfangen. Offenkundig sind visuelle Wahrnehmung und Denken einander hemmende Aktivitäten meines Körpers. Europäische Kunstfilme haben mich schon immer angeödet und wenn ich mitten im Winter gesprächsweise erfahre, dass ich mit Personen im Zug sitze, die Filme von Godard und Ingmar Bergman lieben, ziehe ich sofort die Notbremse und gehe zu Fuß weiter.

Nach der Szene, in der Deadpool nackt gegen den Mutanten Francis kämpft, weil der ihn so lange in eine Art Erstickungsfolterröhre eingesperrt hat, um durch den panischen Adrenalinpegel endlich die Mutation auszulösen, die aus Deadpool zwar einen unsterblichen Superkrieger für irgendeine unerklärte Geheimorganisation, aber leider auch eine freddiekrügermäßige Gesichtsbaracke macht, bis Deadpool sich mit einem gestohlenen Streichholz, das den ganzen Häuserblock explodieren lässt, befreien kann, ihn Francis aber, der extra sauer ist, weil Deadpool ihn nicht bei seinem Künstlernamen Ajax nennt, ihn aber mit einer Eisenstange durchbohrt, die er in den Boden rammt und am anderen Ende umbiegt, während die halbe Stadt ringsum zusammenstürzt und man wieder genau so wenig ahnt, wie Deadpool da herauskommen soll, wie man daran zweifelt, dass er herauskommen wird, und es einen deshalb auch nicht die Nudel interessiert, da sich ohnehin der ganze Plot und die ganze, äh, Psychologie in einem stochastisch postfaktischen Scheißegaluniversum abspult – nach dieser Szene also hielt ich den Film an und schlurfte über den Flur zum Klo.

Auf dem Rückweg hörte ich, wie im Erdgeschoss Gläser am Boden zerschellten. Ich schlich zum Treppenabsatz und horchte hinunter. Natürlich war da jemand, und es schien kein Stipendiat zu sein. Jemand knirschte in den Scherben herum, ich hörte Plastiktüten und hektische Bewegungen, die sich der Treppe näherten.

Ohne nachzudenken, mehr von Neugier als Revierinstinkt getrieben, lief ich auf Socken über die Treppe. Das Knarzen der Stufen schreckte die Person wohl ab, denn ihre Geräusche entfernten sich wieder. Unten schaltete ich das Licht ein. Die rissigen Wände, Lehnstühle in den Ecken, das alberne Wappen über der Flügeltür, alles wie immer. Ich folgte dem verwinkelten Durchgang zum Frühstücksraum, weil nur dort Gläser standen. Vom Gang führten weitere Türen in das Terrassenzimmer, einen feudalen Salon mit Flügel und goldlackierten Nichtigkeiten, und in zwei separate Essräume. Vom Frühstückszimmer aus, wo ich zwei Stunden vorher die Kaffeemaschine ausgeschaltet hatte, entdeckte ich im Schein der Kühlvitrine sofort die Scherben auf dem Boden der Kammer nebenan. Dort konnte man immer bereitstehende Snacks und Wein mitnehmen, falls man sich in eine Liste eintrug (was nur ehemalige Angehörige sozialistischer Staaten sympathischerweise zu tun pflegten). Ein paar der umgedrehten Weingläser waren vom Tablett gefegt worden, die sonst putzig aufgefächerten Schokoriegel waren nicht zu sehen.

Im selben Moment kam aus einem Zimmer hinter mir das Keuchen und Rascheln, das ich neulich nachts im Park gehört hatte. Ich rannte zurück, schaute in alle Räume und erreichte den Salon: Dort stand jemand hinter der Gardine und machte sich an der Terrassentür zu schaffen. Sie hatte innen keine Klinke und war schwierig zu öffnen. Ein Mann wahrscheinlich, jedenfalls ein Mensch, in sackartigem Mantel oder einer groben Decke, die wie eine Kutte aussah, auf der ein mächtiger kahler Schädel saß, schmutzig wie eine Kartoffel. Die Gestalt war mindestens einen Kopf größer als ich und wirkte mit den ausladenden Schultern wie ein kasachischer Schwergewichtsringer. Sie hatte mir den Rücken zugedreht und fummelte nervös an dem Riegelschloss. Ihre Hände waren so groß, dass man die Fäuste als Kürbisse hätte anmalen können. Ich stand wenige Meter hinter ihr. Gab es hier irgendeine Waffe? Einen Schürhaken vielleicht?

Mit den Biotrauben, die in einer Dekoschale auslagen, brauchte ich ihn wohl kaum zu bewerfen. Die Gestalt brummte und grunzte, bis es ihr gelang, die Tür aufzureißen. Ich rief sie nicht an und sie drehte sich nicht um. Als sie über die Terrasse in den Park hinausstürzte, war nicht nur sie erleichtert.

Aus dem Fenster beobachtete ich, wie der Unhold die kleine Treppe überstolperte und im Mondschein an den Beeten vorbeieilte, humpelnd oder schwankend wie jemand, der an seinen eigenen Körper nicht gewöhnt ist oder dem er nicht gehört.

zwölf

„Tja, morgen wissen wir, wer unser neuer Bundeskanzler wird."

„Oder unsre neue Bundeskanzlerin!"

Seit ich in eine Aufgabe hineingefunden hatte, die mich wirklich interessierte und forderte, langweilte mich meine Tischrunde noch mehr als das *MARVEL*-Universum. Lieblingsthemen waren die Ausbeutung Ostdeutschlands durch *den Westen*, die administrative Vernichtung Berlins, das Finale des Bundestagswahlkampfs und regionale Landmarken wie die tausendjährige Linde im Nachbardorf oder ein zum Leidwesen kommender Generationen geschlossener Tante-Emma-Laden, in dem noch echte Emailleschilder zu erleben gewesen wären.

„Also diese Leere hier, in der Landschaft, meine ich, das finde ich ganz wunderbar! So anders, wahnsinnig inspirierend!", frohlockte Monique immerhin.

Karo hatte mein Desinteresse schon bemerkt und machte sich darüber lustig, da sie es wahrscheinlich als kränkend empfand.

„Kann ich das Salz haben bitte?"

„Ist dein Essen so fad, dass dir das fünf Wörter wert war?"

„Sechs sogar."

Meine Geselligkeit wurde dadurch, dass Moniques Ehemann Hans-Joachim sich eingemietet hatte, nicht gepusht: ein weißhaariger, stets hell gekleideter Saarbrücker Buchhändler mit ausrasiertem Bärtchen, Siegelring und golferhaft um die Schultern gelegtem Strickpullover. Seine gekünstelte Redeweise, in der er sich reihum zu jedem Thema äußerte, zu dem es nichts zu sagen gab, zeugte unverkennbar davon, dass er sich bemühte, *unter Künstlern* nicht als der ideenlose Ladenschwengel aufzufallen, der er war.

„Früher habe ich einen CITROËN DS gefahren, nicht wahr. Ich weiß nicht, ob Sie das Modell kennen. Ein sehr auffälliges Fahrzeug, nun ja. Damit bin ich bis nach Jugoslawien gefahren. Also das ehemalige Jugoslawien. Aber damals hieß das ja noch so, nicht wahr."

Aslan aß, als säße er unter einer Glocke. Nichts an ihm verriet, dass er die Gespräche überhaupt hörte oder missbilligte. Er kaute langsam und ernst, ließ den Blick ziellos wandern und stand nach zehn Minuten wieder auf. Ganz so wie Leonardo da Vinci oder Ramses II. sich an unserem Tisch benommen hätten.

Für rhetorische Akzente sorgte der zweite Gast, Lydias Lebenspartnerin Cornelia, genannt Nell, die ich indirekt und intim ja bereits kennengelernt hatte. Sie war Architektin, Schwerpunkt Holzbau. Hobbys: Quizzing, Krav Maga, Finanzmathematik.

„Ich wollte zwar als Kind nicht Indianerhäuptling werden, sondern Papst. Trotzdem benutze ich dieses Wort weiterhin."

„Aber du kannst doch genauso gut sagen: Oberhaupt einer indigenen nordamerikanischen Ethnie."

„Das soll wohl ein Witz sein."

„Ok, es ist vielleicht ein bisschen länger. Aber die Zeit kann man sich doch nehmen, um zu vermeiden, dass Mitmenschen traumatisiert werden."

Hintergrund dieser Debatte war ein Vorfall, der sich vor einem halben Jahr im politischen Berlin ereignet hatte. Die Bürgermeister*innenkandidatin der Partei für hochsensible Bildungsbürger, *DIE GRÜNEN*, hatte den Satz gesagt: „Ich wollte lange Zeit Indianerhäuptling werden", und damit ein von der linksliberalen Formulierungspolizei sofort angemahntes Sprechverbrechen begangen. In der Folge musste sie das *I-Wort* öffentlich bereuen, sich bei allen zwischen Aachen und Görlitz lebenden nordamerikanischen Ureinwohnerinnen und Ureinwohnern entschuldigen und strengere Selbstreflexion geloben. Das hätte übertrieben scheinen können, falls man nicht bedachte, dass es genau darum ja ging: dass die Entschuldigung schwerer als die Schuld wog und die Partei mit einem Gewissensüberschuss, einem Tugend-Profit aus der Sache herauskam, mit dem sie für künftige Heucheleien in Vorlage treten konnte. Quasi ein moralischer Investitionszyklus.

„Hat das mal jemand wissenschaftlich überprüft, wie viele Personen durch Wörter wie Neger oder Indianer tatsächlich traumatisiert werden?"

„Man weiß, dass Traumata durch sowas getriggert werden können!"

„Traumata können durch alles Mögliche getriggert werden, was man auch nicht vom Erdboden tilgen kann. Ratten, Wasser, Clowns. Dagegen gibt es Therapien. Man kann nicht alles vermeiden, was irgendwem wehtun könnte."

„Aber es ist doch einfach respektlos, diese Wörter zu sagen!", flehte Franz.

„Respekt", erwiderte Cornelia sofort, „ist gut, aber ein idiotischer Grund, eine Ausdrucksweise zu verbieten. Respekt kann man nämlich nur freiwillig haben, nicht weil einem die Respektlosigkeit verboten wird."

Wirkungstreffer, dachte ich.

„Aber so gibt man ihr keinen Raum mehr!"

„Genau das stört mich ja. Klischees und Hass werden unter den Teppich gekehrt, bestehen unbemerkt fort, aber alle fühlen sich besser. Verachtung oder Unterdrückung sind doch keine Frage des Wortschatzes, sie kommen gut auch ohne Worte aus."

Da Franz mal kurz nachdenken musste, hebelte Nell ihr Argument weiter über die Schmerzgrenze: „Was würde sich denn faktisch ändern, wenn wir nur noch nette Wörter benutzten? Glaubst du, die Menschen hätten damit auch das Heucheln verlernt? Sprache ist nicht gleich Realität. Wer glaubt, dass auch nur ein sächsisches Kuhdorf respektvoller wird, wenn die Formulierungen nicht mehr respektlos sind, zieht sich auf bequeme Scheinlösungen zurück."

„Du willst also unbedingt das N-Wort sagen?", fragte Franz gekränkt, mit einem Gesicht, als sei er kurz davor, entweder zu heulen oder sich zu duellieren.

„Nein, aber ich will es mir auch nicht verbieten lassen. Und ich will mir keine absurden todernsten Debatten darüber anhören, wo es noch oder warum keinesfalls mehr vorkommen darf."

Lydia verspachtelte, von diesen Meinungsdifferenzen völlig unbetroffen, nach ihrem auch den Nachtisch ihrer

Partnerin. Sie war heute ungeschminkt und sah ein bisschen übernächtigt aus.

Franz war fassungslos, wie man so gutgemeinte Argumente widerlegen konnte. Könnte nicht die ganze Welt jetzt schon ein friedlicher Ort sein, wenn alle einfach seiner Meinung wären?

„Ich finde es völlig okay", intervenierte Karo im Erzieherinnentonfall, „dass sich diese Politikerin dafür entschuldigt hat, ein falsches Wort gesagt zu haben."

„Falsches Wort? Das klingt für mich nach einer totalitären Phantasie von Sprech- und Denkreinheit. Mir ist das unheimlich und zuwider, diese schauprozessartigen Schamrituale. Niemand denkt dabei an gekränkte Indianer, das sind doch scheinheilige Inszenierungen einer angeblichen moralischen Überlegenheit."

Ich blickte zwischen Franz, Karo und Nell hin und her. Das Entsetzen darüber, wie unangepasst ans links-grüne Künstlermilieu diese Lesbe sich hier aufführte, fand ich niedlich. Man konnte fast hören, wie sie darüber nachdachten, ob man dieser Angehörigen einer Minderheit, die so schmutzige Gedanken hatte, ihre Minderheitenrechte nicht ein Weilchen entziehen sollte, bis sie gelernt hätte, genauso liberal zu denken wie die Stellvertreter des Guten auf Erden, denen sie diese Rechte schließlich verdankte. Eine Frau, die nicht auf Schwänze stand und Kinder warf, sollte nicht auch noch politisch unkorrekt sein dürfen!

„Nell hat die schnellere Zunge", sagte ich fast. Aber das wäre nur missverstanden worden.

„Wie lange bleibst du?", fragte Karo sie.

Wow, dachte ich. Was kam als Nächstes? Verbannung? Umerziehungsarrest im Anna-Seghers-Zimmer?

Aber Nell lächelte entspannt. „Ich fahre, wenn wir beide keine Lust mehr zum Ficken haben."

Karo und Franz sahen aus wie die Queen, nachdem Donald Trump an ihrer Tafel laut gefurzt hat. Auf süße Art verklemmt.

Ich schaute Lydia an. Sie löffelte im selben Rhythmus weiter, grinste aber mit einer Gesichtshälfte.

Ich wäre auch gern lesbisch, dachte ich.

„Hört mal bitte alle her", kam plötzlich eine trauerdunkle Stimme von der Tür. „Wir haben extra gewartet, bis ihr alle hier versammelt seid."

Frank stand mit merkelhafter Geste am Tischende, sein Aushilfskoch Jesten, der aussah wie der böse Straßenjunge in einer Charles-Dickens-Verfilmung, mit rücklings verschränkten Händen neben ihm. Wichtig, bedeutete das, was auch alle verstanden, da es sofort leise wurde.

Ich wusste, was jetzt kam, guckte aber gleichfalls erstaunt.

„Heute Nacht hatte leider jemand einen aggressiven Anfall." Frank schaute trübselig aus seiner Kochuniform. „Jemand hier im Haus." Noch trübseliger. „Und hat nicht nur zwei Gläser zerdeppert, die ich heute Morgen um sieben aufkehren musste. Sondern auch alle" – starke Betonung – „Schokoriegel mitgenommen. Natürlich ohne sich in unsere Liste einzutragen."

Das *unsere* machte die Tat zum Verrat am Kollektiv.

Er ließ seinen enttäuschten Blick zwischen den perplexen Intellektuellen hin- und herwandern.

„Gestohlen also."

Raunen. Pause. Erschreckte Gesichter. Wenn es noch eines Beweises bedurft hätte, dass Künstler, psychologisch gesehen, Streber mit schlechten Noten waren, die sich nur auf kreativen Umwegen den Autoritäten andienten, um ein paar Krümel Wichtigkeit von der Tafel der Geschichte aufzuschnappen, dann wäre er mit diesem Betroffenheitsgekusche um mich herum soeben geliefert worden.

„Wir können das jetzt wie erwachsene Menschen, äh ... machen. Oder" – hier hob Frank die Augenbrauen bis fast über seine nicht allzu hohe Stirn – „oder ich rufe jetzt die Polizei."

Weil ich sah, wie geil ihn das machte, konnte ich nicht widerstehen. Ich nahm ihn ins Fadenkreuz, hielt kurz den Atem an und drückte ab.

„Ich war's!", rief ich.

Chorisches Baffsein. Alle starrten herüber, als hätte ich gerade meine Batman-Maske abgezogen und wäre gar nicht Christian Bale, sondern Whoopie Goldberg. Ich genoss einen der besten Momente seit Beginn der Midlifecrisis.

Franks Blick durchleuchtete mich nach Reue.

„Ich war besoffen", erklärte ich und hob lässig die Hände wie ein italienischer Fußballer nach einer Blutgrätsche.

Fast alle reagierten tiefbekümmert. Monique blinzelte unkontrolliert. Hans-Joachim zog streng die Stirn in Falten. Sogar Lydia hörte kurz zu essen auf. Und Franz und Karo hätten nicht unglücklicher aussehen können, hätte man ihnen das I-Wort auf die Stirnen tätowiert.

Immerhin eine Sekunde funktionierte das und ich fühlte mich wie irgendein Rotzbengel, der in der evangelischen Jugendfreizeit fünf Gummibärchen stibitzt hat und jetzt von ebenso vielen Erwachsenen zur Rede gestellt wird. Weil ich dieses pfäffische Getue nicht länger ertrug, stand ich auf und sagte den Küchenjungs, dass sie den Schaden auf meine Rechnung setzen sollten. Zappzarapp. Schreib's an, Jesus! Quietschend schob ich meinen Stuhl zurück und während ich mich, aufrecht wie ein Mittelfinger, entfernte, spürte ich ein Vakuum in meinem Rücken, wo man jetzt ein opulentes Schamritual vergeblich erwartete.

dreizehn

Warum hat er das gesagt? Er war's doch gar nicht!

Dachten Sie das gerade, liebe Leserschaft? – Gut, dann will ich auch antworten. Nicht dass Sie verwirrt aussteigen, bevor die Handlung Tempo aufnimmt. Aus guten Gründen hatte ich entschieden, die Begegnung mit dem Fremden niemand zu erzählen:

1. Um keine Panik zu verbreiten. Richtig, wie der Bürgermeister in *DER WEISSE HAI.*

2. Wenn ich ab jetzt darauf achtete, dass die Außentüren nachts geschlossen wären, würde ja keine Gefahr bestehen.

3. Ich wollte wissen, wie es weiterginge. Schließlich schrieb ich an einem Roman. Und ein nächtlicher Unhold, dachte ich, könnte meinem Roman nicht schaden. Ich hoffte auf einen zweiten Handlungsstrang, den der Große Dramaturg für mich erfinden würde.

4. Was hätten zwei brandenburgische Dorfpolizisten, die hierher ausrückten, schon bewirken können? Ich weiß, dieser Grund sprach nicht dagegen, meinen Mitbewohnern von dem Vorfall zu berichten. Umso mehr aber ...

5. Dass dann bei Tisch meine Begegnung bis in alle Einzelheiten durchgefaselt worden wäre und Schauder und Geheimnis, zwei von mir geschätzte Alltagsraritäten, auf den emotionalen Reiz einer Papierserviette herunterdisputiert worden wären.

Nach der besagten Nacht sah und hörte ich wochenlang nichts Auffälliges. Ich überprüfte die Außentüren jeden Abend und Morgen und fand nirgendwo Spuren eines Eindringlings. Erst als es mir schon fast wieder egal war ...

„Schafft er's?"

„Wer?"

„Brinus vom Schrock."

„Was?"

„Schafft er's, die Welt zu retten?"

Lydia sog an ihrer *ROTÄPFLE*-Zigarette und blies schräg den Rauch aus.

„Woher weißt du davon?"

„Ich war dabei, als du's erzählt hast."

Ich konnte mich nicht erinnern.

„Bin dir wohl nicht aufgefallen", sagte sie ganz ohne Mimik, ein fiktives kreideweißes Gesicht mit grünen Kontaktlinsen und Kirschlippen mir zuwendend. Dazu trug sie ein faltenloses schwarzes Samtkleid. Sie sah aus wie die romantische Verführerin in einem Vampir-Porno.

„Wie war die Frage nochmal?"

Lydia lächelte magisch und es fiel mir wieder ein.

„Eigentlich war das so geplant, dass Brinus stirbt, ohne es zu merken."

„Wow, okay."

Im *CLUB GUMMERSBACH*, referierte ich den Inhalt meines abgelegten Exposés, erreicht Brinus vom Schrock der Auftrag des monopolistischen Technologiekonzerns *BIGI*, der ganz Los Carambas bis ins letzte Rattenloch mit

Minikameras überwacht: Man habe festgestellt, dass es *wandernde Unschärfen* in den Übertragungen gäbe, und wisse nicht, worum es sich handele.

„Eine verpixelte Stelle quasi, die sich wie ein Fleck durch die Aufnahmen bewegt."

„Verstehe", sagte Lydia ernst.

Brinus vom Schrock und seine beiden Sidekicks Mojo und Mahler – „mit h wie Gustav", schob ich ein – streifen also investigativ durch die bürgerkriegsmäßig brodelnde Gigacity und entdecken ein undefinierbares Wesen.

„Ein undefinierbares Wesen?"

„Eine Art Anti-Wesen, das wie ein Schwarzes Loch das Licht absorbiert und als eigenschaftsloser Schatten in Los Carambas umherwandelt."

„Gibt's das nicht schon?", fragte Lydia naiv.

Darauf würden ein paar verwickelte Handlungsschritte folgen, die dazu dienten, die beliebte Illusion von Ursache und Wirkung aufrechtzuerhalten, erklärte ich. Und dann:

„Und dann verschwindet Los Carambas wie ein Traum – vielleicht weil die Welt dort untergeht – und Brinus findet sich in einem nebligen Stadtpark wieder."

„In welcher Stadt?", fragte Lydia clever.

„In Saarbrücken!"

Sie machte das Gesicht, das alle Menschen machen, wenn sie diesen Namen hören: Sie haben keine Erinnerung daran, kennen keine Bilder davon und können sich auch nichts darunter vorstellen.

„Saarbrücken ist das Jenseits", sagte ich *molto misterioso*.

„Deine Zigarre is' ausgegangen."

„Oh." Redete ich zu viel? „Wie symbolisch."

Mein Feuerzeug schnappte auf.

Während die Glut den Tabak durchknisterte, fuhr der Wind sehr passend mit drei Fingern durch die Eichen, die sich schon trocken, aber noch nicht welk anhörten, wie Chips, die einen Tag in einer offenen Schüssel gestanden haben.

„Der Orkus", reanimierte Lydia das Thema.

„Oder irgendeine parallele Wirklichkeit."

„Und wie geht's weiter?"

Ich gab zu, dass ich meinen Groschenthriller zugunsten eines realistischen Romans aufgegeben hatte.

„Schade", sagte sie und rauchte ihre Zigarette auf. „Und was wäre der Titel gewesen?"

Ich paffte hollywoodmagnatenmäßig an meiner MONTECRISTO und entrollte mit sechs Fingern eine imaginäre, von Rauch umspülte Zeile: *DAS AFTERLIFE DES BRINUS VOM SCHROCK!*"

Lydia sagte ein wunderschönes Wort: „Geil."

Natürlich zuckte ich mit den Schultern und blickte unbeteiligt in den Park.

„Und was ist dein Projekt?", fragte ich sie.

Cornelia kam mit ein paar Büchern aus der Bibliothek. Sie ging mit auswärts gedrehten Füßen, wie viele Lesben, Cowboys, Chefs und Enten, nickend an uns vorbei ins Haus.

„Ich komm gleich hoch!", unterbrach sich Lydia.

Ich räusperte mich.

Sie versuchte mir schnell zu erklären, dass sie sich als visuelle Künstlerin besonders mit Prozessen zwischen Körpern und Objekten beschäftigte.

„Mit Körpererfahrungen. Händen vor allem."

Ich betrachtete ihre Hände, mit denen sie gleitende Gesten vor ihrer Körpermitte ausführte.

Mit der Haptik der Erinnerung. Sagte sie. Oder damit, wie Räume mit Rollen interagierten und den Spuren, die sie hinterließen oder nicht hinterließen, über Medien und Sinne hinweg. Während sie über ihre Formulierungen nachdachte, streichelte sie mit der Zunge ihre Lippen.

„Nichtlineare Narration", raunte sie.

„Wow", machte ich, wünschte viel Erfolg und holte mir, während diese Sätze in meinem Inneren nachhallten, unter der Dusche einen runter.

Am Wahlsonntag waren alle am Tisch erleichtert über das eine Gesprächsthema, dem man sich nicht entziehen wollte. Das peinliche Nichts, das meine Gegenwart sonst erzeugt hätte, konnte nun mit demokratisch engagierten Reden kongenial gefüllt werden.

Ich selbst hatte für die CDU votiert. Per Briefwahl. Vor allem deshalb, weil sie als erste Partei oben auf dem Wahlzettel prangte und mir kein triftiger Grund einfiel, warum ich weitere Lebenszeit ins Studium dieses fast klorollenlangen Dokuments hätte fehlinvestieren sollen.

„Du musst wählen gehen!", hatte Lucy mir auf der Arbeit eingeschärft, „Demokratie ist wichtig."

Mit ihrem russischen Akzent klang der Satz in der Tat glaubwürdig. Ich ließ mich also beeinflussen und versuchte, wenigstens einen Tag in vier Jahren nicht der sinnlich-sinnlose Wertewüstling und Indifferentist zu sein, als der ich von einem spöttischen Schöpfer auf die Erde geschnippt worden war.

„Und wen?"

Bei den Unterschieden zwischen den Parteien war auch Lucy verdächtig unengagiert.

„Wähl irgendwas halt!"

Und das tat ich. Wenn ich mich in Diskussionen mit Linksliberalen wie meinem algerischen Zahnarzt für meine intolerable Wahl verteidigen musste, führte ich einen strategischen Grund für mein Votum an: Nur beim Kanzlerkandidaten der CDU war ich mir sicher, dass er niemals Kanzler würde. Man würde ihn nicht lassen. Die Wähler, die eigene Partei, ein T-800, Batman oder eine Horde Zombies – irgendjemand mit ein bisschen mehr Verstand würde verhindern, dass Armin Laschet (diesen Namen werden Sie, künftige Leser, nicht mehr kennen) Chef der deutschen Regierung würde. Von diesem Job hing einfach zu viel ab, um ihn einem Mann zu überlassen, dessen Fähigkeiten eben ausreichten, sich eine Krawatte zu binden. Bei allen anderen Parteien dagegen hätte ich mich mit meinem Kreuzchen womöglich der Regierungsbildung mitschuldig gemacht.

„Warum wählst du nicht die Tierschutzpartei?", fragte Lucy pfiffig.

„Weil ich Tiere nicht mag."

„Nicht sympathisch, aber logisch."

Ich rechtfertigte mich: „Selbst wenn ich alle Säugetiere und Vögel lieben würde – was ich nicht tue; oder liebst du etwa Ratten, Marabus und Nacktmulle? – wären das zusammen kaum fünfzehntausend Spezies. Die Tierwelt insgesamt besteht aber aus etlichen Millionen Arten, die meisten Insekten, Spinnen, Würmer, Schnecken und was weiß ich – alles Zeug, mit dem du nicht zusammenwohnen willst."

„Schon gut. Ich versteh, was du meinst."

„Und von Bakterien fang ich gar nicht erst an!"

Lucy wusste, dass ich dafür war, die gesamte Natur durch eine wirtlichere Öko-Matrix zu ersetzen, in der es zum Beispiel etliche Singvögel, aber keine Insekten oder Krokodile gäbe. Ich war zuversichtlich, dass der Kapitalismus oder die Chinesen das Natur-Problem noch zu unseren Lebzeiten lösen würden.

„Elon Musk hat bestimmt schon ein komplettes Regenwald-Backup mit Geld-zurück-Garantie auf der Festplatte!"

Der Kopierer war mein Rednerpult. Lucy saß eine offene Tür weiter am Computer und musste meine Scans archivieren. Es sprach für sie, aber nicht für mich, dass wir immer noch täglich kommunizierten.

„Diese Splitterparteien", vertiefte ich das Thema, „sind doch wie Kinder, die den ganzen Tag mit ihrem Lieblingsspielzeug spielen wollen. Egal, ob sie den Müll runterbringen oder Mathe-Hausaufgaben machen müssen – alles wollen sie mit ihrem Dinoblaster oder ihren Power-Rangers lösen. Deshalb gibt es im Wahlkampf so

Kasperletheatertrupppen wie die *HIPHOP-PARTEI*, die *GARTENPARTEI* oder die *DKP*. Wie sieht denn die Außenpolitik der *GRAUEN PANTHER* aus? Was sagen die *PIRATEN* zu allen Problemen, die offline so kursieren?"

„Willst du auch einen Kaffee?", fragte Lucy irgendwann und verschwand Richtung Kochnische.

„Ich weiß wirklich nicht, was schlimmer ist", sagte Regina Scheer beim Abendessen nach den ersten Hochrechnungen, „dass jemand wie Olaf Scholz Kanzler wird oder dass er's nicht wird."

Ich beteiligte mich durch zurückhaltendes Nicken am Gespräch.

„Man weiß gar nicht mehr, was das kleinere Übel ist", sinnierte sogar Hans-Joachim.

Ich freute mich, als Cornelia ihr Stück Roulade eilends hinunterschluckte, um etwas zu ergänzen: „Die Dringlichkeit unserer Probleme verhält sich umgekehrt proportional zur Lösungskompetenz der Verantwortlichen", fräste sie uns in die Spatzenhirne.

„Eigentlich kein überraschender Zusammenhang", murmelte ich.

Franz fieberte beim Essen mit den Hochrechnungen, die er minütlich auf seinem kaninchengroßen Smartphone auscheckte.

„Also, im Moment sieht es nach einer Ampelkoalition oder einer Jamaikakoalition aus."

„Das heißt, man weiß jar nich, wer Kanzler wird?"

„Mhm."

„Tja."

Das Thema wurde mangels Interesses nicht weiter erörtert. Die doofe K-Frage. Warum ließ man das nicht Siri oder Alexa machen? Endlich jemand mit Sex-Appeal in diesem Amt.

„Interessant", klugscheißerte ich, „dass die Farbkombination Rot-Gelb-Grün immer Ampelkoalition, nicht aber Kongo-, Mali-, Senegal- oder Mauretanien-Koalition genannt wird."

Flaggenkundliche Kenntnisse zu den genannten afrikanischen Staaten setzte ich bei gebildeten Mitteleuropäern offenbar zu optimistisch voraus.

Nur Cornelia konterte mit dem Hinweis, dass man bei weiterer Zersplitterung des deutschen Parteienspektrums erwarten dürfte, dass zeitnah eine „São-Tomé-und-Príncipe-Koalition" zustande käme: „Rot-Schwarz-Grün-Gelb."

Eine Kau-Pause entstand, in der wir alle das Gefühl hatten, unser demokratisches System jetzt hinreichend geistvoll gewürdigt zu haben.

Nach dem Essen legte Hans-Joachim eine wohlmanikürte Hand auf Franz' Schulter und kassierte kumpelhaft zwanzig Euro von dem Jungen. Ich fragte mich, wer wem die Prostata massiert hatte.

Später hörte ich, dass sie gewettet hatten, ob die dauerironische Rasselbande DIE PARTEI oder die Impfgegnersekte DIE BASIS besser bei der Wahl abschneiden würde. Franz, als halbwegs humorvoller Menschenfreund, hatte auf die kostümierte Aufklärung der Ersteren gesetzt. Hans-Joachim, selbst psychisch abhängig von Globuli und Schüßler-Salzen, erwartete einen Erdrutschsieg der Verschwörungshippies. Sie holten anderthalb Prozent, die Spaßpolitiker nur eins Komma zwei.

Franz ärgerte sich und konsultierte bis zum nächsten Abend unermüdlich seine Nachrichtenkanäle in der Hoffnung, doch noch die Wette zu gewinnen. Diese Emotionalität der Erstwählergeneration war natürlich hocherfreulich.

Als ich nach dem Abendessen einen Zigarren-Spaziergang durchs Dorf unternahm – der Rauchmelder in meinem neuen Zimmer ließ sich leider nicht abreißen – grüßte mich ein vorüberradelnder Greis grinsend mit Siegerpose. Hatte bestimmt was mit der Wahl zu tun, vermutete ich. Oder mit Demenz. Oder einem Graubereich dazwischen. Dann fiel mir ein, dass ich im Osten war und dieser betagte Mensch die meiste Zeit seines Lebens ja gar nicht hatte wählen dürfen. Hier können sie sich über Wahlergebnisse noch richtig freuen, dachte ich. Wie schön, dass ihnen das bunte West-Spielzeug Demokratie nach dreißig Jahren noch immer nicht langweilig geworden war.

vierzehn

In der dritten Woche zog ich endlich die Joggingschuhe an. Ich wollte mein Exil nutzen, um wieder fitter zu werden.

Früher war ich ein eifriger Sportler gewesen. In meiner Kölner Dichterbude hatte sogar eine Hantelbank im Arbeitszimmer gestanden. Ich vermaß meinen Brustumfang, stäubte mit Proteinpulver herum, kaute Pillen, die wie kleine Raumschiffe aussahen, und pflegte den typischen Äußerlichkeitskult von Personen, die wissen, dass sie keine profunderen Qualitäten, wie Großstadtimmobilien oder einflussreiche Posten, vorzuweisen haben. Dicke Arme verschaffen einem Mann sofort ein Minimum an Anerkennung, das er nicht bekommt, wenn er nur ein netter oder kluger Mensch ist.

In den Kreisen der Hegel-Leser und Bohemiens, in denen ich verkehrt hatte, wurden Sportler natürlich im gleichen Maße gewertschätzt wie Tom Cruise und die katholische Kirche. Wer seinen Body bildete, musste in derselben Zeit ja seinen Intellekt vernachlässigen. Außerdem soff er weniger, machte Diäten, stand womöglich morgens auf und erinnerte einen daran, dass es Probleme gab wie Kater oder Amnesie, für die man selbst und nicht der Kapitalismus verantwortlich war. Auch die Freunde der Arbeiterklasse schauten kritisch auf den PUMPERPROLL, eine Art rasierten Primaten im Tanga herab. Es ist immer interessant zu sehen, wie eifrig insbesondere die Deklassierten Raster erfinden, durch die sie ihresgleichen fallen lassen, um sich wenigstens ein kleines Stück nach unten abzugrenzen und sich ein relatives Oben einzubilden. Wahrscheinlich gibt es auch im Knast noch eine Hierarchie der Kinderschänder, die nach Frisuren oder Lieblingsfarben unterscheidet.

Das Tor zum Dorf stand wie immer offen. Die Straße war neu asphaltiert, Autos sah man aber selten. Bürgersteige gab es nicht. Ich orientierte mich in Richtung Wald und browste im *I-PHONE* durch meine Musik. Zu den *BEATLES* zu joggen war ein bisschen wie zum Soundtrack der Schlümpfe Sex zu haben – nicht die gleiche Energie. *STEELY DAN*, zu allem, was man liegend oder hängend machte, von mir hochgeschätzt, war gleichfalls nicht genügend antriebskräftig. Hm, lieber *DEEP PURPLE* oder die *ROLLING STONES*? Ich wägte ab, ob mir *GIMME SHELTER* oder *PAINT IT BLACK* mehr Schub verleihen würde, und entschied mich für das Zweite. Mein letzter Lauf war ein halbes Jahr her, knapp zehn Kilometer am Saarufer bis zur Güdinger Schleuse. Zurück war ich mit dem Zug gefahren. Für einen Halbmarathon – ein weiterer Punkt auf der Liste meiner nicht erreichten Lebensziele – war ich zu alt.

Ich trabte fünfzig Meter auf der Straße und bog gleich in den ersten Abzweig ein, um nicht kurz vorm Weltruhm in der heranrasenden Windschutzscheibe eines brandenburgischen Meth-Heads zu enden. Der Weg führte zu einer leeren Lagerhalle, aber nicht weiter. Durch eine Waldschneise kam ich schließlich an ein abgemähtes Maisfeld. Pflanzenfetzen, Himmel, Staub. Hier und da ragte noch ein schräger Stängel und lenkte den Blick ab. Alle fünfzig Meter ein Hochsitz, wie Wachtürme am Außenposten in einem Krieg Mensch gegen Wildschwein. Ich spähte in die Holzkabinen, sie waren leer. Irgendwie lief man doch ungern an diesen Verschlägen vorbei, aus denen teuer geschiedene, alkoholisierte Männer ihr Revier durchs Zielfernrohr bewachten. Ich scheuchte zwei Krähen auf, die groß wie Hunde waren. Tief ein, lange aus, ich atmete bewusst. Irgendjemand hatte mir Blei in die Schuhe gepackt.

Diesem Landstrich fehlte Regen. Der Sand stob auf wie unter einem Pferd, das durch die Prärie galoppierte – in meinem Fall nur in Zeitlupe. Als ich das Feld halb umrundet hatte, lief mir plötzlich die Nase. Ich wischte darüber und sah Blut an meiner Hand. Es tropfte weiter. Ich zog die Luft ein und schmeckte es am Gaumen. Nicht stehenbleiben. Die Trägheit sucht sich immer einen Vorwand. Nach einer Weile war es gut, aber meine Hände sahen aus, als hätte ich sie in ein totes Reh getaucht.

Trotzdem rannte ich auf dem Rückweg eine Schleife die Straße hinunter, vom Dorf weg. Rechts und links reihten sich die Bäume wie exerzierende Preußen. Lieblich konnte man die Landschaft wirklich nicht nennen. Auch die Straße blieb sich gleich und bog nicht ab, scheinbar überall mit sich identisch, wie eine Wüste. Ich hatte die Musik leiser gestellt, um heranfahrende Autos hören zu können, aber es war nicht nötig. Nur einmal sah ich ein kleines Fahrzeug – es sah fast wie selbstgebaut aus – rechts vor mir aus dem Wald kriechen. Es schwenkte auf die Straße ein und hielt noch einmal, bevor es langsam an mir vorbeifuhr. Hinterm Steuer saß ein junger, ernster Mann mit dunklem Haar. Zwinkerte er mir zu? Ich steckte meine blutbeschmierten Hände in die Taschen und schaute konzentriert geradeaus. Weiter vorne suchte ich vergeblich die Abzweigung, aber das Auto war anscheinend mitten aus dem Wald gekommen. Sex? Drogen? Immerhin gab es sowas hier.

Ich stampfte weiter, inzwischen völlig durchgeschwitzt. Mick Jagger krähte mir unermüdlich ins Ohr. Der joggte die Strecke sicher im selben Tempo rückwärts. Bis zur nächsten Kurve, die irgendwann kommen musste, wollte ich es schaffen. Aber es war, als würde ich auf einem Laufband mit Kulisse joggen. Durch die Bäume rechts von mir schimmerte es rötlich und ich meinte, ein hohes Gutshaus aus Klinkersteinen zu erkennen. Vier oder fünf Stockwerke, von gewaltigem Grundriss. Unter dem Walmdach hätte sich ein Wal vorm Regen unterstellen können. Mir schien, als hörte ich den Hofhund heiser bellen. Im Näherkommen stellten sich die Augen auf das Haus ein und ich begriff, dass es nur verdorrte Äste waren, die sich zu einem surrealen Farbeindruck addiert hatten. Der Wald schien vertrocknet oder krank zu sein, marsrot wie ein Zündholzkopf. Das Haus hatte ich hinzugesehen.

Ich versuchte darüber nachzudenken, aber mein Kopf war leer, mein Gehirn zu langsam für eine Schlussfolgerung. Laufen, Hören, Atmen, mehr gab die Rechenleistung nicht mehr her. Um meine Wahrnehmungen zu überdenken, hätte ich anhalten müssen. Der Rhythmus pochte im Zentrum, wurde lauter, und alles neben oder über ihm verschwand. Der Wald war weggeatmet, die Füße taub und mein Bewusstsein angenehm geschwächt, absent, wie ein verhängter Spiegel. Etwas strömte mit mir, ohne mich zu tragen. Die Musik klang aus. Stattdessen summte mein Ohr. Ich wunderte mich nicht und hatte nicht den Reflex, danach zu fragen. Ich nahm es hin. Eine Minute fühlte sich das friedlich an, diese Selbstverständlichkeit, die wie Heroin löschend ins Hirn schoss und alles in ein Lächeln verwandelte, ein wolkiges, nicht ernst gemeintes, aber echt gefühltes Lächeln. Ein Stirnkuss des Nichts. Geduzt von der Unendlichkeit. Dann lag die Straße reglos da.

Ich öffnete die Augen in die Dunkelheit. Wenige Meter neben dem Asphalt lag ich in einer Senke. An die Straße musste ich mich erst erinnern. Mir tat nichts weh. Aus meiner Kleidung schloss ich, dass ich joggen gewesen war. Ich brauchte einige Minuten, um zu verstehen, in welche Richtung ich zurückgehen musste, wenn ich, wie ich annahm, auf der Straße rechts gelaufen war. Erst auf dem Rückweg erinnerte ich mich an mein Stipendium, das Schloss, das Dorf, das Nasenbluten. Dann an das Auto und das Gutshaus, die es nicht gab. Ich griff nach meinem *I-PHONE*, der Akku war leer.

Zurück im Zimmer war es drei Uhr morgens. Um fünf am Mittag war ich losgegangen. Ich duschte, trank zwei Finger Whiskey und googelte *plötzliche Ohnmacht*. Der Fachbegriff dafür lautete *Synkope. Viele der Ursachen von Synkopen sind eher harmlos*, las ich.

Ich ging ins Bett. Das reichte mir.

fünfzehn

Ich stand den ganzen nächsten Tag nicht auf. Meine Beine schmerzten, die Oberschenkel und das linke Knie, vor allem aber dröhnte mein Kopf. Ich hatte nie Migräne gehabt, aber ich erriet, dass sie sich so anfühlen musste. Eine neue Stufe meiner persönlichen Entwicklung: Migräne statt Kater.

Schlaf- und sexlos im Bett herumzugammeln, hatte ich schon immer gehasst. Als studierter Philosoph wusste ich, dass auf neunundneunzig Komma neun Prozent aller Probleme zutraf, dass je länger man darüber rätselte, man desto mehr Betrachtungsweisen fand und sich umso weiter von einer Lösung entfernte. Bald war man Teil einer ganzen immergrünen Tradition von Fragestellungen und konnte sogar ungestraft darüber *promovieren*. Es war, als wenn man Wasser aus einem Brunnen ziehen wollte und dabei hineinfiel: Die Richtung stimmte halbwegs, aber das Ergebnis nicht. Und manche merkten es nicht einmal.

Wenn man über sich selbst brütete, kam noch hinzu, dass man meist gar nicht wusste, worin das Problem überhaupt bestand, das man hätte lösen müssen. Dass jemand nach ein paar Jahren durchhirntem Stupor plötzlich mit einer zündenden Wahrheit aufgesprungen wäre, gab es nicht einmal in Märchen oder Superheldenfilmen. Ich kannte das von depressiven Freunden, wo man bald nicht mehr wusste, ob sie im Bett lagen, weil sie unter Depressionen litten, oder umgekehrt. Bewegungslos auf schwitzigen Laken an die Zimmerdecke starren – das war etwas für Sterbende, Gelähmte, Demente und alle, die es werden wollten.

In der nächsten Nacht raffte ich mich auf, pflanzte mich in Unterwäsche an den Schreibtisch und formulierte ein Exposé meines neu begonnenen Romans. Arbeitstitel: *WIE ICH UNSTERBLICH WURDE*. Ich wählte zwei fertige Kapitel aus, die ich für wohlgeformt und aberwitzig hielt, dichtete ein Anschreiben, hängte meine Kurzvita an –

Brinus vom Schrock wurde um 1967 geboren, immerhin nicht in Saarbrücken. Pilger- und Studienfahrten führten ihn in alle großen Zentren der Verblödung. Als letzter Schrock bewohnt er den Familienstammsitz Chateau Gründelthal-Schratau bei Lothringen und widmet sich Bibliophilie und Maulwurfzucht.

– und verschickte das Ganze elektronisch an ein Dutzend knackseriöse Literaturagenturen, die ich mir vor einer Woche schon notiert hatte.

Mein modester Plan war: zügig den Roman beenden – Kontakte ins Dichterbusiness knüpfen – in Berlin einflussreiche Freunde treffen – und nach sechs Wochen Künstlerurlaub generöse Verträge mit Agenten und Verlagen unterzeichnen, die mich und sie selbst reich, berühmt und glücklich machen würden. In naher Zukunft, kurz bevor eine Flut-, Druck-, Hitze- oder Infektionswelle uns alle wegspülen würde, könnte ich zufrieden zurückschauen und sagen, dass hier, auf diesen Biedermeier-Möbeln mein Leben nach Jahrzehnten zwischen Hegel, Hopfen und Hormonen endlich in den Hafen seines Sinns eingetuckert war. Als Gegenleistung würde ich vielleicht wieder katholisch werden. Aber Gott musste mir Vorschuss geben.

Um fünf Uhr morgens haute ich mich hin und schlummerte wie Herkules, nachdem er seine zwölf Arbeiten durchgehühnert hatte.

Am Nachmittag – die Kommoden palisanderten in der schwindenden Oktobersonne – rief ich Thomas an. Thomas war Künstler in Berlin. Lebenskünstler. Musiker, Schauspieler, Bauarbeiter – je nach Auftragslage. In einem deutschen Independentfilm hatte er einen Berliner Lebenskünstler, Musiker, Schauspieler und Bauarbeiter gespielt. Er war am Puls der Zeit. Wir waren zusammen zur Schule und durch die Jauchegrube unserer Jugend gegangen – geschwommen eher, auch getaucht.

„Hey, Thomas!"

„Hey, woher hast du meine Nummer?"

Ich sagte ihm meinen Namen.

„Ach – hey!"

„Hey."

„Wie geht's?"

„Ich bin in Brandenburg und schreib einen Roman."

„Okay."

Ich informierte ihn in drei Sätzen über mein Stipendium, das Künstlerhaus und weitere Pläne.

„Und wovon handelt dein Buch?"

„Von einem Typen, der in Brandenburg ist und einen Roman schreibt."

„Okay. Spannend."

Ich vernahm linden Zweifel in seinem Ton und salbaderte ein paar Minuten mit *Method Writing, Selbstreportage* und *Metafiktion* dagegen an. Thomas gab die minimalen Laute eines Menschen von sich, der nebenbei die Basilius-Kathedrale zusammenpuzzelt.

„So eine Mischung aus Dante, Beat und Thomas Mann. Aber wenn der gute Zauberer ein solider Steinpilz ist, dann –"

„– dann bist du das Magic-Mushroom-Space-Ragout, schon klar."

„So ungefähr."

Ich hatte den Vergleich schon öfter benutzt.

„Meld dich doch wieder, wenn du in der Stadt bist. Ich arbeite gerade in so 'ner Bar. Da sind nur Kulturschicksen. Vielleicht kannst du da was vorlesen und ich mach Lärm dazu."

Unter wechselnden Kampfnamen wie *GRANDMASTER SOFTGOTT*, *CAESAR VON SCHNITZLER* oder *TANNHÄUSER STERBEN UND DAS TOD* frickelte Thomas präapokalyptische Elektro-Noise-Punk-Soundcollagen, zu denen ich mir außer Klaus Kinski und Charles Manson niemanden lesend vorstellen konnte.

„Ich bin eigentlich gerade in der Networking-Phase."

Mein Roman wäre nicht irgendein autobiografisches Wassersüppchen, warb ich. Ich hätte radioaktiven Stoff anzubieten, episches Uran 235, das ich ausschließlich Expertenhänden anvertrauen wollte – falls der Preis stimmte. Ich würde nicht mit Agenten der Mittelmäßigkeit kooperieren und das waffenfähige Material weder in der Diakonie-Buchhandlung noch beim 13. Unterwiesinger Sonettwettdichten ausrollen.

„Gatekeeper, du weißt schon."

„Hast du schon 'nen Verlag?", wollte Thomas wissen.

Ich verneinte wortreich.

„Okay. Ich kenn jemand, der jemand kennt. Aber der Typ ist 'ne eigene Sorte. Heißt Liefeld-Orlowsky. Talentmanager. Vertritt Künstler, Sportler, Banker, Politiker. Hat kein Büro, kein Handy. Wohnt in Hotels. Der Kerl, dem die Bar gehört, ist sein Schwager. Manchmal sitzt er da und liest auf seinem E-Reader. Trinkt nur Tee. Angeblich hat er die Rechte an je drei Songs von David Bowie, Madonna und Elton John, die er in den Achtzigern als Gegenleistung für seine überirdischen Fußmassagen bekommen hat."

Ich dachte an Madonnas Füße (in den Achtzigern).

„Klingt interessant."

„Wenn dein Text wirklich was Originelles ist, hast du 'ne kleine Chance, dass er ganz kurz drüber nachdenkt. Vielleicht vermittelt er dich weiter. Und falls er dich unter Vertrag nimmt, kann jeder damit angeben, dich zu kennen."

„Wo treff ich ihn, wenn er kein Handy und Büro hat?"

„Ich regel das."

„Vielen Dank."

„Kein großes Ding", sagte Thomas.

Außer Thomas kannte ich keine Künstler. Nur Hobbymusiker, Hobbyfotografen, Hobbypornodarsteller. Einen gut beheizten Swingerclub hätte ich jeder Vernissage vorgezogen. Dort konnte man immerhin in

Ruhe ein paar Schnäpse trinken und musste niemandem beim Onanieren zuschauen, wenn man nicht wollte. Ich war in mehreren großen Museen gewesen und hatte auch schon von der ein- oder anderen Arbeitsplatte einer Installationskünstlerin Pharmazeutika geschnieft. Davon abgesehen hatte zeitgenössische Kunst für mich die Aura einer osteuropäischen Baustoff-Lagerhalle kurz nach dem Ende des Sozialismus, in der gerade eine Tombola für das örtliche Tierheim abgehalten wird. Man hat vielleicht ein gutes Gefühl, aber es sieht einfach alles scheiße aus.

Gut und sozial war auch Karos Idee, einen *Präsentationsabend* zu veranstalten, bei dem jede und jeder, die und der wollte, ihre und seine *Projekte* vorstellen durfte. Monique wollte. Karo und Franz auch. Lydia stimmte zu. Am Freitagnachmittag um vier versammelten sich also einige von uns in den winterlich grauen Atelierräumen, die in einer Art Hangar außerhalb des Parks den Künstlerinnen zur Verfügung standen.

Ich bemerkte einen lästigen Mückenstich an meiner rechten Schläfe, als es losging. Monique fing an. Am nervösen Geräusper erkannte man die Vorfreude ihres Publikums. Jetzt war es zu spät zu gehen.

„Salü, ihr Lieben! Dann mache ich mal den Anfang."

Sie wippte auf den Zehenspitzen und schaute lächelnd zur Decke, als müsste sie sich an einen Redetext erinnern. Ich fürchtete eine Performance.

„Wie ihr sehr, seht ihr nichts."

Pause. Ich rückte an meiner Sonnenbrille, die ich speziell zu diesem Anlass wieder aufgesetzt hatte.

„Kunst gibt es nicht ohne den Blick auf die Kunst. Oder? Man muss also zuerst den Blick schärfen. Die Kunst im Alltag suchen. Das Schöne ist überall. Man muss nur hinsehen."

Schönes Schlusswort, dachte ich.

„Wenn die Kunst im Alltag ist, ist auch der Alltag Kunst."

Ich versuchte mich überhaupt nicht zu bewegen, weil ich gelesen hatte, dass man so das Zeitgefühl verlor. Das klappte natürlich nicht, wenn man gleichzeitig zuhörte.

Nach einer offensichtlich improvisierten Suada über Efeu, Katzen, Vivaldi, Teegeschirr, ihre Beschäftigung mit dem Buddhismus und den Duft von warmem Brot kam Monique allmählich auf ihre aktuelle *Werkgruppe* zu sprechen: ihr *Schuh-Projekt*. Wir mussten einander auf die Schuhe starren, Stichworte zum Thema assoziieren und zugeben, dass wir bis jetzt nicht in gebührender Weise auf unsere Fußbekleidung geachtet hatten, die sich doch die ganze Zeit mit uns in diesem Raum befunden hatte. Schließlich halfen Franz und Mirzali ihr, einen zwei Meter hohen High Heel in das Atelier zu rollen.

Das Werk hieß *GROSSARTIG!* –

Eine halbe Stunde später sackte Monique atemlos auf einen Plastikstuhl in unserer Mitte und beantwortete höfliche Fragen der Anwesenden.

Ich fragte zum Beispiel, ob die keineswegs wertfreie räumliche Metapher, die Schuhen und Füßen unweigerlich anhafte, Teil der Semantik ihrer Werkgruppe sei oder ob ich da einer blöden abendländischen Projektion aufsäße?

Monique überlegte und sagte: Ja.

Für die nächste Präsentation hatte man Lydia eingeplant, deren Werkstatt sich angeblich gegenüber befand. Wir trugen unsere Stühle hinein. Hier war es noch kälter. Wände, Ecken, Tische waren leer. Nur in einer schwarzlackierten Kiste auf dem Boden stapelten sich Bücher und Papiere. Neben dem Waschbecken gab es kein Handtuch, nirgends war das übliche Künstler-wohnt-im-Atelier-Nippes zu sehen. Auch Lydia selbst war noch nicht da. Wir bildeten einen Stuhlkreis. Franz und Monique lächelten sich an.

„Spannend", sagte Franz.

„Sehgewohnheiten", sagte Monique. Sie war freuderot wie eine dehydrierte Erdbeere und hatte noch ganz viel nicht gesagt.

Aslan war den Präsentationen ferngeblieben. Er komponierte an seiner dritten Sinfonie. Eine bessere Ausrede gab es nicht. Ich hatte mir schon vorgenommen, sie demnächst zu benutzen, um Zahnarzttermine und andere Verpflichtungen abzusagen.

„Decker, wir brauchen Sie am Samstag zur Inventur!"

„Sorry, Chef, da ist die Uraufführung meiner dritten Sinfonie."

Für besondere Gelegenheiten konnte man sie leicht noch steigern:

„Ich würde wirklich gern zu eurer Hochzeit kommen, aber gerade komponiere ich an meiner neunten Sinfonie."

Bämm.

„Das finde ich gerade so wunderbar an dieser Abgeschiedenheit! Man lernt wieder zu staunen und die einfachen Dinge mit Kinderaugen anzugucken", schwärmte Monique zu Franz hinüber, der anscheinend in seiner Kindheit keine richtige Oma gehabt hatte. Jetzt hatte er eine.

Ich saß genau zwischen den beiden und hätte gern einen Fliegenpilz geraucht. Ich hätte sogar einen gegessen.

Wir warteten zwanzig Minuten, Lydias Handy war aus. Es war klar, dass sie blaumachte, weil es in ihrem Atelier nichts vorzustellen gab. Aber das sagte natürlich niemand. Mit schlecht gespielter Sorge tauschte man karitative Floskeln aus, dann schlurften wir zum nächsten Betonraum weiter. Ich fror allmählich, weil mein Stoffwechsel ohne Bewegung, Sex, Schaffensrausch oder psychoaktive Substanzen völlig unterfordert war.

Karo saß an ihrem Arbeitstisch vor einem Laptop, zeigte ein paar Fotos und erzählte von ihren Projekten. Sie kam aus Rostock und ich lernte endlich, dass das an der Ostsee lag, die ich immer mit der Nordsee verwechselte, wo ich auch noch nie gewesen war, was ich ebenso wenig ändern wollte. Sie sprach in anklagendem Ton von früher lebendigen Kleinstädten, die *seit der Wende* ausgestorben und heute *abrissreif* wären. Sie erwähnte soziale Vereine und Initiativen, in denen sie sich engagierte. Dass sie als Mitinhaberin einer kleinen Galerie ein Minimalgehalt bekomme, das sie durch Zweitjobs aufbessere. Ein Flyer wurde herumgereicht, in dem man Buddelschiffe sah, die sie aus Plastikmüll gestoppelt hatte.

„Ich hab ausschließlich angeschwemmte Plastikreste vom Ostseestrand verarbeitet."

„Und wie hast du die zusammenmontiert?", fragte Franz neugierig in die Stille.

Mit Naturmaterialien zusammengenäht. Kein Nylon. Klar.

„Und die Flaschen, hast du die etwa bei ALDI gekauft oder sind die von gestrandeten Walen ausgeschissen worden?", wollte ich schon nachhaken, ließ es aber. Ich beobachtete Karo und verspürte diese typische Mischung aus Mitleid und Bewunderung, die Zyniker angesichts guter Menschen empfinden.

Wirklich löblich fand ich ihr Projekt, in Hansestädten Markierungen an Gebäuden anzubringen, die den erhöhten Pegelstand des Meeres anzeigten im sehr wahrscheinlichen Fall, dass der Klimawandel ungehindert fortschritt. Auch wenn das mit Kunst natürlich nichts zu tun hatte; sonst wären Spenden ans SOS-Kinderdorf ja auch Kunst. Oder Attentate auf US-Präsidenten. Die Markierungen ließen sich übrigens leicht wieder entfernen.

Endlich Abendessen. Es gab eine Art Kartoffel-Kraut-Pampe, von der ich annahm, dass sie schon im Dreißigjährigen Krieg bekannt und sehr beliebt gewesen war. Manche der veganen, salz-, laktose-, zucker- und glutenfreien Mahlzeiten hier schmeckten, als hätte man das Wahlprogramm der Grünen von 1980 auf Recyclingpapier mitgegart.

Anschließend sollten die Komponisten präsentieren. Aslan konnte nicht, er schrieb ja an seiner dritten Sinfonie. Es blieb nur unser junger Freund im pink-türkisen Jogginganzug. Ich trank schnell hintereinander drei volle

Gläser Rotwein, um mich dafür zu belohnen, dass ich heute so sozial war.

Im Filmraum hockten wir dann um den Beamer, mit dem uns Franz seine kompositorische Arbeit vorstellen wollte.

„Ich zeige eine Uraufführung an der Hochschule Nürnberg, die ihr auch auf YouTube anschauen könnt."

„Aber wir haben hier doch einen Flügel. Kannst du das nicht selber vorspielen?", fragte Monique altmodisch.

„So gut spiel ich in fünfzig Jahren nicht", sagte Franz.

Ich überlegte, ob das arrogant oder bescheiden war.

Der Titel seines Werkes war ein langes Wort, das aus wechselnd groß- und kleingeschriebenen Konsonanten ohne verständliche Reihenfolge bestand. Also nicht einfach sCHwChsnN, sondern hCcnhSnWs. In der Art. Das Stück war für Klavier, Trillerpfeife und Singstimme komponiert. Wobei das Wort ‚Singstimme' hier in die Irre führt. Der einzige Interpret war ein studentischer Jüngling mit leicht angewuscheltem Seitenscheitel, V-Ausschnitt und Hornbrille, der am Rand der Epilepsie agierte, um die unberechenbare Komplexität der Laut- und Tonzuckungen stimmlich und instrumental zu koordinieren. Es war die Sorte kritische Elite-Kunst, bei der es für das ahnungslose Publikum überhaupt keinen Unterschied macht, ob dahinter irgendein Gedanke steckt oder alles nur zufällig hingerotzt ist.

Ich geriet ins Träumen: Warum funktionierte so etwas beim Schreiben nicht? Wäre der Literaturbetrieb nicht so experimentierfeindlich gewesen, hätte ich einfach zehn

Tage zugekokst am Laptop mit verbundenen Augen einen infernalen Zeichensturm entfesselt, eine Heuschreckenplage an Sprachsplittern aus dem Zwischenreich von Hirnkrampf, Zufallsmüll und Kanalisation des Unbewussten und das Ganze dann als Avantgarderoman an einen hegellesenden Agenten verschachert! Ich würde ein Stipendium nach dem nächsten einsacken, weil allen schwante, dass das, was ich mache, der Schrott der Gegenwart und die Zukunft der Literatur ist, nämlich gar keine Literatur mehr, so wie Franz' Gekasper die Gegenwart und Zukunft der klassischen Musik war, nämlich gar keine doofe klassische Musik, und alle wussten das und fanden es gut auf einer zweiten oder dritten Ebene, auf der man nicht mehr das, was man gut fand, gut fand, sondern das Gutfinden an sich – oder eben die Kritik daran – und alle Gutfinder und Gutfinderinnen und damit am Ende auch sich selbst, und darum ging es doch uns allen, oder nicht? – Aber nein, das Textwesen war erzreaktionär und die Buchleserschaft hatte seit Jahrhunderten den unzeitgemäßen Anspruch, ihr kleines plattes Menschenleben in einer Geschichte wiederzufinden, die sie auch noch unterhalten sollte ...

Da das Werk ein bisschen länger dauerte und ich im Aushalten von Langeweile auf meine alten Tage ziemlich schlecht geworden bin, zückte ich mein *I-PHONE* und schaute mir einen Pornoclip an. Einen sechzehnminütigen Blowjob, ohne Vorspiel. Die Frau bearbeitete mit allerlei linguistischem Geschick den Phallus ihres sitzenden Partners und lutschte und massierte, bis es ihm kam.

Sie machte gleich weiter und es kam ihm nochmal. Zum Beweis ließ sie ein Rinnsal Sperma an seinem Schwanz herunterlaufen. Sie saugte ihn aus, spuckte drauf, rubbelte ihn und schleckte hingebungsvoll weiter daran herum. Er blieb hart. Ich schaute eigentlich mehr aus anatomischem Interesse hin. Tatsächlich, er spritzte noch ein drittes Mal ab. Faszinierend. Ich stellte etwas lauter, um am Stöhnen zu hören, ob die Spannungskurve jetzt abflachte. Aber nein: Er kam noch einmal! Wow, das war beachtlich! Es gab im Internet doch eine Menge lehrreicher Materialien.

Erst als mich jemand anstieß, kapierte ich, dass Franz' Werk schon zu Ende war und ich mein Video etwas zu laut gestellt hatte: Alle Gesichter waren auf mich gerichtet, fragend, amüsiert, verärgert. Ich versuchte auszusehen wie Sean Connery als Mister Bond und charmant zu lächeln, als wäre mir lediglich ein voller Sektkelch aus der Hand geschlüpft. Gehörten Pornos denn inzwischen nicht zur Allgemeinbildung, fragte ich mit Blicken. In Wahrheit schmorte ich mindestens in Peinlichkeitszone acht (sechs war lautes Furzen am Traualtar). Lässig schob ich mein Smartphone in die Hemdtasche. Sie war zu klein. Ich glaube, ich wurde ein bisschen rot.

„Okeeeh", sagte Franz gedehnt und räusperte den Sex aus dem Raum. „Jetzt wollte ich noch kurz was zu dem Werk sagen." Die Köpfe drehten sich zurück nach vorne. „Damals hab ich eine kleine Präsentation dazu gemacht. Ich will aber nichts groß kommentieren, meine Kunst soll eigentlich für sich sprechen."

Seiner Ankündigung leider nicht folgend, zeigte er Noten eines Komponisten, den keiner kannte, sagte was von *Zitat, Dekonstruktion der Romantik* und *westlichem Blick*. Meine Erektion legte sich in wenigen Sekunden.

So ging es noch ein paar uninspirierte Blowjobs lang weiter. Ich verstand, dass sein Werk natürlich nicht schön oder unterhaltsam sein sollte. Im Gegenteil. Ästhetik als Fortsetzung der Moral mit noch hässlicheren Mitteln. Brave linke Diskurskunst zum hohen Zwecke der Zerknirschung und Belehrung. Musik, die man nicht mögen konnte, ohne einen komplizierten Grund dafür zu haben. Geheuchelter Genuss. Mit einem Wort: das Gegenteil von Freundschaft, Pizza oder Sex.

sechzehn

Über dem Tresen hängen ein paar Schrumpfköpfe. Nein, nicht Schlumpfköpfe – Schrumpfköpfe. Nur aus Gummi natürlich. Zombie-Design. Ein Hauch Armageddon, ironisch natürlich. Einem hat wer eine Kippe ins Nasenloch gesteckt. Sie qualmt noch.

„Ist hier nicht Rauchverbot?", frage ich.

Jemand kichert. Der Raum ist genauso dicht vernebelt wie die Kleinstadt in der Stephen-King-Verfilmung DER NEBEL.

„Ich frage mich wirklich, ob es sich lohnt, nicht an Krebs zu sterben", sagt Mojo mit der ihm eigenen Aussprache eines polohemdentragenden Internatsschnösels.

„Über die Zukunft kann man keine wahren Aussagen machen", doziere ich. „Also weiß man auch nie, ob sich was lohnt."

Er dreht mir sein blondes Gesicht zu. Vier Fünftel davon sind Bart. Mojo sieht aus wie ein schiffbrüchiger Siegfried, nur tätowiert und in Chinohosen.

„Genau deshalb frage ich mich das ja." Er zieht bedächtig an seinem Bio-Vaporizer. „Wo man etwas nicht weiß, fängt die Philosophie doch erst an."

„Leider hört sie da auch schon wieder auf", philosophiere ich.

„Die Unendlichkeit des Unwissens!", quäkt der rauchende Schrumpfkopf und seine arsengrünen Augenhöhlen leuchten dabei.

„Was würde Kristian Kracht dazu sagen?", krächzt die Kellnerin, ein blauhaariges Skelett um die Neunzig.

„Wo ist Lucy heute?", frage ich sie.

„Wer is Kristian Kracht?", mischt sich ein lallender Anzugträger ein, dem die Stahlbrille schief im verschwitzten Gesicht hängt.

„Seh ich aus wie Nostradamus?", murmelt ein weißbärtiger Alter mit Samtbarett schon zum dritten Mal.

„David Bowies Fußmassagenwizard. Sauf weiter!", fertigt Mahler den Anzug ab.

Mir ist schlecht. Ich glaube, ich muss kotzen.

„Mir ist schlecht. Ich glaube, ich muss kotzen", sage ich und stürze in eine Richtung davon. (In zwei Richtungen kann man ja nicht davonstürzen, sonst hätte ich das wegen der höheren Wahrscheinlichkeit, an ein Ziel zu kommen, natürlich getan.)

Ich stoße unwichtige Gegenstände und Personen um, falle durch eine Schwingtür und stülpe meinen Magen auswärts. Alles rot. Eine Blutpfütze, wie aus der Bartholomäusnacht rübergeschwappt.

„Alles in Ordnung?", fragt mich ein bulliger Glatzkopf im Kutschermantel. Er hat keinen russischen Akzent, sieht aber genau so aus, als hätte er einen.

„Ist nur ein Kratzer... in der Magenschleimhaut", huste ich und richte mich auf.

Er starrt weißäugig an mir vorbei in den Nebel. Sein schiefes Gesicht sieht aus wie von einem unbegabten Seehund im Delirium zusammengenäht. Auf dem Arm trägt er eine Papiertüte voll bunter Schokoriegel der Marke *PROTOPLASTUS*.

„Du hast auf dein Hawaiihemd gekotzt", sagt der Brillenträger mit vorgerecktem Kopf, als ich zurück auf den

Barhocker klettere.

„Das ist kein Hawaiihemd", entgegne ich. „Das zieh ich nur immer zum Kotzen an."

Ein Baby kreischt. Alle drehen sich um. Scheiße: Kinder? Welcher Unmensch hat sich hier vermehrt? Eltern gelten in Los Carambas als Kinderschänder. (Ach so, das spielt in Los Carambas. – Richtig, Leser; jedenfalls so richtig wie möglich.) Das Schreien wiederholt sich regelmäßig – es ist ein Klingelton.

Thomas kommt angeschlappt und meldet sich: „*CLUB GUMMERSBACH*, Caesar von Schnitzler am Apparat?"

„Wahnsinn, wie bescheuert Eltern heute ihre Kinder taufen, oder?", lallt der Anzugträger.

„Die sind gar nich' getauft", sagt Mahler. Er ist Katholik und stolz darauf. Und das ist seine beste Eigenschaft.

„Der ist Mitte fünfzig", sage ich, auf Thomas deutend. „Wir waren zusammen in der Schule."

Der Brillenmann beäugt erst Thomas, dann mich: „Wahnsinn, wie kaputt die Schulen heute sind!"

Mahler gibt ihm einen Klaps per Handkante ins Genick. Der Barhocker wird frei für jemand Entspannteren.

„Okay ... Ja, klar ... Auf jeden Fall ..."

Thomas kann wirklich gut zuhören. Er wäre ein super Beichtvater geworden.

„Der Zar is' nich' hier", sagt er ins Telefon. „Er wird vermisst."

Gekicher am Tresen.

„Von wem? Seinen Läusen?", witzelt jemand.

„Den ham sie in Säure gelegt!"

„Die Kojoten haben ihn."

„Die Anarchisten!"

„Usbekische Mafia!"

„Die gibt's gar nicht."

„Klar gibt's die! Bin selber Anarchist."

„Ich mein die Kojoten."

Auf dem Bildschirm an der Bar, den Thomas einschaltet, weil ihn das Telefonat langweilt, erscheint ein morscher Mittfünfziger mit geschwärzter Tolle, viagrablauen Kontaktlinsen und selbstbräunerbrauner Gesichtshaut. Er versucht casanovahaft in die Kamera zu smilen, wirkt aber mehr wie jemand, den man gerade beim Wichsen erwischt hat. Er schwitzt um sein Leben. Sein Name wird eingeblendet: GAMBRINUS GRAF VON GRÜNDELTHAL-SCHRATAU.

„Alle wollen immer nur ficken!", grölt eine der Nutten durch den Raum.

„Sei proh! Bas billst du denn sonst machen?", kräht ihr ein zahnloser Schnapsgreis hinterher. „Impormatik studiern??"

„Freilich ist das Schloss auch Feature der neuen TOTAL-FEUDAL-Erlebniswelt", näselt der insolvente TV-Graf.

„Auch Ihr Schlafzimmer, Durchlaucht?", fragt der freche Fernsehmensch.

Thomas schaltet um: Vladimir Putin in einer Gameshow. Er soll spontan etwas auf Deutsch sagen, was sich reimt, und dichtet, quasi ohne Gesichtsmuskelaktivierung:

Wenn ich ein Bär wär
Wär nichts mehr sähr schwär
Weil ich schwerär wär.

Die Gäste applaudieren begeistert seiner Sprachfertigkeit und subtilen Selbstironie.

Drei Sexworkerinnen navigieren zum Tresen.

„Hey, du Hodenwombat, hier's aigentlich main Platz!"

Ihre Augen drehen sich unstet durch den Raum, aber sie scheint mich zu meinen. Ich respektiere kreative Schimpfwörter und bleibe deshalb ritterlich.

„Das is doch Primus!", plärrt die Zweite. Sie trägt ein Crackpfeifchen um den Hals. „Der hat einen schönen geraden Schwanz und unbeschnitten – wie die Hohenzollern!"

„Du verwechselst mich bestimmt."

Die Dritte setzt sich keuchend auf einen der beiden Hocker, die neben Mahler leer geblieben sind. Sie ist eine fleischige, blatternarbige Hure, außerdem schwanger. Sie zieht ihre Perücke aus, streicht das klebrige Haar zurück und sackt mit dem Kopf auf den Tresen. Mahler hebt die Perücke auf und glotzt hinein, als wäre sie ein Osternest.

„Ich liebe Los Carambas!", brabbelt die Erste. Ihr Atem riecht nach Gangrän und Magensäure.

Niemand kommentiert das. Alles höfliche Menschen.

„Weil Liebe is ganz wichtig", kommentiert sie sich selbst.

„Ich frage mich", fängt Mojo wieder an, während er seinen Cuba Libre schwenkt, für den er länger braucht als Fidel Castro dazu, die Invasion in der Schweinebucht abzuwehren, „ob ein Staat ohne Präsident nicht weniger chaotisch wäre?"

Sätze, in denen die Wörter *Staat* und *Präsident* vorkommen, führen meistens zu Sätzen, in denen die Wörter *Wirtschaft* und *Problem* vorkommen. Dagegen ist nichts zu sagen. Also sage ich nichts.

Thomas hat das Telefongespräch beendet. Endlich kann ich mein Gosmos bestellen. Gosmos ist der Haustrunk im *CLUB GUMMERSBACH*, ein holistisches Getränk von ausgesucht simpler Rezeptur. Nur Barkeeper mögen es nicht, weil das Mixen ein bisschen aufwändig ist.

Entnervt beginnt Thomas, aus jeder der dreißig Flaschen in seiner Reichweite und dem neongrünen Kerosinkanister einen christlichen Schuss in den schädelgroßen Gosmoskrug zu schütten. Das übrige Volumen füllt er mit Rostschutz und Mundwasser auf – im *CLUB GUMMERSBACH* wird Schleimhauthygiene großgeschrieben. Das alles dauert lang genug, um genau auf die Gedanken zu kommen, gegen die man Gosmos eigentlich bestellt. Das ist der einzige Nachteil dieser Rezeptur.

„Ich schreib's an", sagt Thomas, dem die Bar ja nicht gehört.

„Wer heutzutage keine Schulden macht, hat die wirtschaftliche Lage nicht begriffen", sage ich, wuchte den Krug hoch und toaste lauthals: „Meere, Menschen, Götter – Häppchen für den Welthund!"

„Häppchen für den Welthund!", echoen Mojo, Mahler und Nostradamus unisono und nehmen die ersten vierzig Schluck in eine bessere Welt.

„Rate mal, wer grade angerufen hat!"

Thomas schüttelt ein bisschen Puderzucker von seinem Revers.

„Supermän!", brüllt Mahler, der einfach nicht witzig sein kann. Dafür ist er hässlich. *Hässlich* in Bezug auf Mahler ist ein Kosewort. Er sieht aus wie ein sibirischer Atommülllagerarbeiter, der bei Schlägereien im Dampfbad unwahrscheinlich oft scharfkantige Gegenstände mit dem Gesicht abgefangen hat, bevor er aus nächster Nähe Zeuge einer Explosion mit Säure wurde.

„*Superman* schreibt man mit a", belehre ich ihn. „Das ist Englisch."

„Gehst du mal ein bisschen aus dem Licht", bittet ihn Thomas mit ausgestrecktem Arm. „Sonst kann ich heute Nacht wieder nich' schlafen."

„Du willst doch heute Nacht nich' schlafen!", geilt ihn die greise Kellnerin an und wiehert, dass mir das Blut stockt.

„Diskriminier mich nich'! Ich bin asexuell."

„Sagst du mir jetzt, wer angerufen hat?"

„Olaf Scholz. Hat sich *GIMME SHELTER* gewünscht."

Thomas knipst die Musik an. Eine Frauenstimme. Madonna im Duett mit ihren Urenkeln.

„Das ist nicht *GIMME SHELTER*", sage ich.

„Wer ist Olaf Scholz?", sagt Mahler ganz richtig.

„Ein Mann, dessen Biograf seine Eltern mit guten Aussichten auf Schmerzensgeld verklagen könnte."

„Und Gott auch", sagt Thomas sinnlos oder hintersinnig und verschwindet in einer Geheimtür. Sie schwenkt um sich selbst, auf der Rückseite steht:

Zwei Männer mit Kochschürzen kommen heraus. Ich kenne sie. Sie tragen ein Spanferkel – nein: einen gebratenen Zweibeiner.

„Hey!", schreie ich. Niemand außer mir bemerkt es.

„Alles gut", ruft einer über die Schulter zurück. „Der war selbst schuld!"

Sie verschwinden nach draußen. Keiner hält sie auf.

Mein Gosmos schmeckt nach *HE-MAN*-Actionfiguren und Kondomen mit Bratapfel-Macadamia-Aroma. Die erhoffte pharmakologische Wirkung bemerke ich unfehlbar daran, dass sich einer meiner Fingernägel ablöst. Ich lasse ihn recyclingfreundlich in den Cocktail fallen und gehe für kleine Zombies.

In der Pissrinne spielen süße Rattenwelpen, die ich auf keinen Fall stören will. Also trete ich die Tür der einzigen Kabine ein, in der keiner würgend überm Klo zu hängen scheint. Zwei Männer in Zivil sind hier damit beschäftigt, einen dritten, nackt und geknebelt, mit Heftklammern vollzutackern. Von sowas bekomme ich Blutunterdruck.

„Was geht hier ab?", frage ich.

„Alles in Ordnung", sagt der Ältere professionell und tackert dem Nackten die lila Zunge ans Ohrläppchen. „Hier foltern WIR!"

Ich stutze.

„WIR sind die Guten", erklärt der Zweite, sich Nitrilhandschuhe überstreifend.

„Ach so."

Ich kehre um. Der Korridor führt jetzt in die andere Richtung. Ähm. Ich konzentriere mich. Die meiste Zeit meines Lebens bin ich entweder unterfordert – oder überfordert. Die Welt und ich, wir funken einfach nicht auf derselben Frequenz.

Auf meinem Barhocker sitzt Jungkomponist Franz in seinem dämlichen Jogginganzug. Neben ihm ein Mann im Indianerkostüm. Er weint. Ich kenne ihn. Es ist Winnetou.

Franz tröstet ihn: „Aber du kannst doch einfach sagen: Oberhaupt einer indigenen nordamerikanischen Ethnie."

„Das klingt ja wie *Verein zur Förderung sozial benachteiligter Nachwuchskünstler!*"

„Nachwuchskünstler ... * ... innen", korrigiert Franz.

Ich merke, dass ich Migräne oder Schizophrenie bekomme.

„Noch zwei Gosmos, Thomas!", brülle ich in den Lärm. Der Nebel im Raum hat sich verdichtet. Es könnte auch Rauch sein, es riecht verbrannt.

Mit dem Blut, das jetzt ganz praktisch aus meiner Nase trieft, kann ich einen dicken Strich in Scheitelhöhe an die Wand schmieren.

„Bis hierhin voll, Thomas!", schreie ich. „Bis hierhin – voll!!"

Dann befallen mich kryptonische Schädelkrämpfe, die mir das halbe Gesicht wegätzen – der reinste Kreuzigungskopfschmerz! Ich taumele vom Tresen weg in der Hoffnung, ins Freie zu kommen, wo mir irgendein Gutmensch das Hirn wegschießen kann.

Nebelblind durch die Menge schwankend, nimmt mein toxisch entgrenztes Sensorium alle Gespräche gleichzeitig wahr:

„Hey, heute ist Welt-Tapir-Tag!"

„Willst mir mal die Muschizähne putzen, Kleiner?"

„Wäre Hitler als Ameisenkönigin geboren worden, hätten wir den Zweiten Weltkrieg gar nicht mitbekommen!"

„Ist alles klar, Boss?"

„Alles klar? Alles klar?? Hast du etwa ALLES KLAR gesagt??? In welcher parallelen Hirnamputationshohlwelt lebt ihr eigentlich!!!"

„Moment mal... Givry vielleicht? Oder Chassagne Montrachet?"

„Atlasspinnerlarven. Gepresst und filtriert."

„Meine Stadt brennt. Reicht mir ein Tränendöschen!"

„Fiktionen sind Fruchtblasen unseres unweigerlich fötalen Denkens."

„Dein Leben war lustig und ersetzbar, wie Ringo. Sei dankbar und gib mir deine Leber!"

„Mein Leben oder meine Leber!?"

„Hängt das nicht irgendwie zusammen?"

„Du kannst alles haben, nur meine Leber nicht!!"

„Ok, dann ähm gib mir eben ein paar andere Organe."

„Aber nicht die Eier, ok?"

„Okay."

„Danke, Mann!"

„Was hast du gegen Ratten? Die Ratte ist der Buchdruck der Evolution."

„Mich interessiert dein Weichteilportfolio, Baby."

„Aber das ist doch nicht der anagogische Sinn, den Paulus meint! Das würde ja bedeuten, dass wir hoffnungslos verloren wären!"

„*Byzantinische Generäle* von Satoshi Nakamoto. Einundzwanzig Millionen."

„Aber man sieht gar nichts."

„Das ist das Geheimnis."

„Was rauchst du da?"

„Neronium, Bruder! Das 119. Element. Knallt übelst rein."

„Freiheit ist doch ein Begriff, den heute nur noch Nazis verwenden."

„Dieser Rüssel ist ja cool! Magst du Nacktkatzen?"

„Schlörp, schlörp!"

„Hast dir mal den *SARGASSO BLUES* auf *STEELY DAN LIVE IN YOKOHAMA* reingetan? Wer das hört, wird schwanger. So spritzgeil die Nummer."

„Mist, ich hab irgendwem ein Stück von was abgebissen …"

„Was ist das? Ein Elektret-Kondensatormikro? Ein künstlicher Horizont? Eine Seelenwaage?"

„Eine Büroklammer."

„Welches deutsche Wort wird von allen Deutschen *falsch* ausgesprochen?"

„Das Wort *falsch*?"

„Richtig! Willst du mich heiraten?"

„Walt Disney hat definitiv mehr für das Wohl der Menschheit getan als Karl Marx."

„Wusstest du, dass *SCHNEEWITTCHEN UND DIE SIEBEN ZWERGE* Alan Turings Lieblingsfilm war?"

„Eine Universale Liste, verstehst du? Auf der einfach alles vorkommt, aber parsprototomäßig! Die das ganze fucking Universum aufzählt!!"

„Negativität wird in Fiktionen aufgehoben. Amoral als Kunstwerk ist moralisch und die Darstellung von Unheil heilsam."

„Im Neandertal, stell ich mir vor, haben sie auch den ganzen Tag irgendwas mit Pflanzen gemacht. Oder nicht?"

„Neuromorphes Rechnen!! Postnormale Wissenschaft!! Nootropika!!"

„Menschliche Fortpflanzung ist ein Zeichen von Dummheit oder Heimtücke."

„Oder Sodomie in volltrunkenem Zustand."

„Eminenz, seid Ihr das in dem Bananenkostüm?"

„Los, mach den Schweigefuchs, mir kommt's gleich!"

„Wenn ich jetzt sage ‚jetzt', differiert mein erstes Jetzt vom zweiten in einem Intervall, das umso kleiner wird, je schneller ich spreche, das aber nie verschwindet und damit zeigt, dass die Gegenwart immer entweder etwas Erwartetes oder Erinnertes ist, niemals aber etwas Gegenwärtiges. Kapierst du das, mein Pimmelbärchen?"

„Benn ist Godzilla, Brecht ist Schlumpfhausen."

„Ein Chinese, eine Russin und ein Marsmann …"

„Den hast du schon erzählt."

„Kultur ist Lustverlust und Lust Kulturverlust. Geist gegen Trieb. So läuft das. Und jetzt zieh den Lobotomierhelm an!"

„Es gibt quasi nichts mehr, von dem man ausschließen kann, dass es US-Präsident wird."

„Falls Gödel recht hat, ist eine menschengleiche Künstliche Intelligenz unmöglich, weil unser ganzes Denken von Intuitionen abhängt, welche letztlich unbeweisbar bleiben."

„Vernunft ist das Vermögen, nicht andere, sondern sich selbst zu widerlegen."

„*Stultizid* ist so ein scharfes Wort! Ich murmel es den ganzen Tag vor mich hin."

„Und du fühlst dich gut dabei, nicht wahr?"

„Oh! Und wie!"

„Ich fühl mich auch gut."

„Oh, ja! Zeig's mir!"

„*Herr Nietzsche, Wahnsinn! Aus dem Stand 33 Prozent – sind Sie vom Ergebnis Ihrer Masturbationspartei überrascht?*"

Ein irres Gelächter aus dem Fernseher treibt mich auf die Stufen, die sich neben mir materialisieren. Mit tränenden Augen stolpere ich eine Wendeltreppe hoch. Mir ist schwindlig, ich stütze mich auf das Geländer, es ist mit Reptilienleder überzogen, das träge hinabgleitet.

Mitten auf der Treppe rasselt eine Art Spielautomat. Grelle Schrift leuchtet auf: *WÄHLEN SIE!* Ich erkenne zwei grinsende Karikaturen, die mit *OLAF SCHOLZ* und *NERO CLAUDIUS CAESAR AUGUSTUS GERMANICUS* beschriftet sind. Darunter blinken abwechselnd zwei große rote Knöpfe. Ich überlege nicht lange und stimme für den Römer. Sofort schrillt ein apparatenhaftes Gelächter, auf dem Display erscheint das Endergebnis:

51 % – NERO TRIUMPHATOR CIVES SUOS SALUTAT!

„Brinus!", höre ich Thomas' Stimme aus einem knackenden Lautsprecher. „Liefeld-Orlowsky! Uhrzeit: Omega! Lass ihn nich' warten!"

Ich atme tief und taste in meinem Hemd nach Substanzen. Aus der Brusttasche ziehe ich eine Packung *BLACK-APPLE*-Zigaretten und einen Pillenblister. *JODID 200*, lese ich. Es sind nur vier, ich schlucke alle.

„Ja, komm! Schön alles schlucken, du Sau!", höre ich.

Eine Frauenstimme, die ich kenne.

„Jaaaaa, da kommt noch mehr! – Aaaahhhh!"

Ich erklimme die Treppe und folge dem Gestöhne durch einen schwarz-violett dekorierten Gang, der mit leuchtenden Aktgemälden eminenter Geistesmenschen behängt ist: Pascal, Leibniz und Ada Lovelace recken mir rosig schwellende Genitalien entgegen. Unter einem Bild, das nichts als ein mir fremdes Kürzel auf gekörntem Weiß zeigt, finde ich Cornelia, unsere Gästin im Künstlerhaus. Lydia schmiegt sich an sie und massiert ihren Nacken. Vor ihr kniet Bürgermeister Schmidt-Lumbago, *GEWÄHLTER ZAR VON LOS CARAMBAS*, und hat Cornelias wuchtiges Glied im Hals. Sie sieht gut aus dabei, er weniger. Seine Handgelenke sind mit Kabelbindern eingeschnürt, die tief ins Fleisch schneiden. Man hat ihn kahlgeschoren und etwas auf die Kopfhaut geritzt, was ich nicht lesen kann.

„Ein Dante-Zitat!", erklärt er stolz.

Ich komme näher. „Stimmt", sage ich lässig. „Aber warum altgriechisch?"

Lydia zuckt mit den Achseln. „Dante ist doch längst

Pop."

„Leersaugen, Nutte!", befiehlt Cornelia dem Zaren.

„Warum vergewaltigt ihr ihn?"

„Wir vergewaltigen ihn nicht", stöhnt Cornelia. „Wir ficken."

Lydia massiert jetzt Nells Organ fachmännisch in Fließrichtung.

„Ich wusste immer, dass du ein Mörderteil hast", versuche ich ein Lob.

Cornelia lacht triumphierend und zeigt auf den Bürgermeister. „Das war seiner!"

Dann kommt sie nochmal. Es hört gar nicht auf. Ihr Hals schwillt an und ihre Augen leuchten glutrot. Lydia umarmt sie kindlich. Nell erbebt, sie bellt und geifert wie eine Dogge, Rauch steigt von ihr auf, es riecht nach verbrannten Haaren.

„Pumpen, pumpen!", treibt Lydia sie an.

Ich will das nicht mit ansehen, drehe mich weg und verschwinde hinter einer Panzertür, deren stählernen Hebelarm ich gerade so umlegen kann. Der Raum ist kühl und düster.

„Ist das das Anna-Seghers-Zimmer?", fragt mich eine insektenhafte Silhouette sanft.

Ich wische mir das Gesicht mit meinem Hemd ab, das davon ganz dunkel wird – Blut? Öl wird es kaum sein. Ich will meinen Kopf befühlen, dann überlege ich's mir: lieber nicht.

In der Raummitte flackert ein Feuer, in dessen Schein Biedermeiermöbel hohe Schatten werfen. Ein Sofa mit

Sitzgruppe, an den Wänden schweres, spiegelndes Holz. Ahnenportraits. Knarzendes Parkett. Ein paar Leute in Abendrobe stehen neben mir.

„Investments in geprüfte Elektrogeräte!"

„Was können die?"

„Das sind Elektrogeräte, die Strom erzeugen. Irre umweltfreundlich. Aber man muss sie aufladen."

„So wie Windräder, wenn kein Wind weht."

„Toller Vergleich!"

Ein Mann mit Bauhelm, der aussieht wie Stalin, kommt sehr sachlich auf mich zu und hält ein Flugblatt hoch.

WENIGER MACHEN – MEHR REDEN!

„Von wem ist das?"

Stalin bewegt den Mund ruckartig, aber ich höre nichts.

„Das Flugblatt", zeige ich, "von wem?"

Mein Russisch ist nicht besser.

„Regenstandpunkt – Fegensandpunkt – Segenland- punkt – Gegenwandpunkt – Hegelkantpunkt –"

„Hast du bald alle Möglichkeiten durch, Genosse?"

Er bekommt das Wort nicht heraus. Sie sind selbst schuld, dass sie ihren Laden nicht einfach ZACK oder BÄMM! genannt haben. Oder MCDONALD'S.

„Hey, Drinus!"

Jemand klapst mir auf den Scheitel.

„Brinus! Mit B wie –"

„Bandsalat", schreit derselbe Witzbold.

Mein Freund Boris. Er reitet gerteschwingend auf einem großen Damenschuh, der frisch lackiert riecht. Aus seinem Hals reckt sich, nass und pulsierend, ein pitbullgroßer Tumor.

„Boris! Wie geht's dir?", frage ich beknackt.

„Danke", sagt er mit ausweichendem Blick, „er stört ein bisschen beim Zahnarzt."

Ich bin erleichtert, dass er nicht „beim Knutschen" gesagt hat.

„Hör zu, es tut mir ehrlich leid, dass ich nicht auf deiner Beerdigung war. Ich ... ich wollte einfach nicht."

Keine Ausrede ist immer die beste Ausrede.

Aber Boris guckt ganz entsetzt. Hab ich was Falsches gesagt?

„*Persona non grata*", begrüßt uns Hartmut launig mit gereckter Faust. Er trägt meinen neuen Anzug und raucht eine pinke Zigarre.

„Du wirst nicht glauben, wer mich gerade nach dir gefragt hat, Sinus", verkündet er aus seiner Wolke.

„Ich heiße –"

„Schau mal, wie er blutet", sagt Boris. „Komisch, oder?"

„Rate mal!"

Ich schließe die Augen, aber mein Schädel dröhnt und es will mir kein Name einfallen. Nicht einer. Nichts.

„Hegel, mein Gutester!"

„Georg Wilhelm Friedrich!", sagt Boris oder sein Tumor streberhaft.

„Er will, dass du seine Bücher nach – Moment!" Hartmut zieht ein paar Klebezettel aus meinem Sakko und zitiert ganz vorsichtig, als läse er Hebräisch: „*wandernden Unschärfen* durchforstest. Nach *wandernden Unschärfen!*"

„Verpixelten Stellen quasi", erklärt Boris.

„Hegel sagt, davon gäbe es ein paar."

„Sein Werk ist ein einziger Pixel", sage ich bissig.

„Na, na, na, na, na! Nicht frech werden, Herr Student!", sagt Hans-Joachim kauend, der mit einem dampfenden Teller in die Runde drängelt.

„Aber unscharfe Stellen speisen die Doktorarbeiten der Zukunft", verteidige ich Hegel. „Die müssen unscharf bleiben, sonst wird es bald weniger Philosophen auf der Erde geben."

„Eben."

„Du sollst sie ja nur sammeln."

„Data Mining quasi."

„In seiner Negation!"

Ich muss Hartmut, Boris und seinen Tumor in munterer Wechselrede ertragen. Das gibt dem Wort *Tumorkonferenz* eine frische Bedeutung.

„Unklare Stellen sind die Gewinnbringer eines Denkers. Thesen verkaufen sich doch nicht. Die Konsumenten wollen sich selbst einbringen und in den Texten wiederfinden!"

„Hegel hat das erkannt!"

„Er macht Inventur und will alle unklaren Stellen unter seine Aktivposten bilanzieren, um das Eigenkapital zu erhöhen."

„Wir reden hier von einem hochumkämpften Ideen-Markt, mein Gutester!"

Ich habe jetzt freie Sicht zum Feuer in der Raummitte und sehe entsetzt, dass mehrere Aliens, Doppelgänger des Filmmonsters von HR Giger, sich mit Sektkelchen im Flackerschein unterhalten. Was man zwischen ihnen angezündet hat, erkenne ich lieber nicht. Jedenfalls lebt es noch.

„Topp, Genosse!" Hartmut streckt mir die Hand zum Deal aus.

„Warum *wandern* die Unschärfen?", fällt mir noch ein.

„Das ist eben die Dialektik!"

„Die Antwort hab ich befürchtet."

„Genial, oder?"

„Alles kann je nach allem auch alles andere bedeuten!"

„Die Hegel-Aktie wird durch die Decke gehen!", schmatzt Hans-Joachim in die Runde und sieht wie ein geiles Reptil dabei aus.

„Wir haben uns schonmal ein kleines Paket zurücklegen lassen", vibrieren Boris und Hartmut im Chor und grinsen sich an wie Zwillinge in einer der allzu vielen Geschichten, in denen groteske Zwillinge vorkommen: SHINING, DER PROZESS, ALICE IM WUNDERLAND –

„HINTER DEN SPIEGELN!"

„Wir haben anders gegrinst."

„Einzigartig!"

„Singulär!"

„Inkommensurabel!"

Eine gebrechliche Dame mit rundem faltigem Gesicht schaut zwischen uns herauf. „Sie wollten zahlen?"

Hans-Joachim bejaht, während er seine Finger abschleckt.

„Vier Mal tansanisches Igelragout... macht zweiundvierzig Ostmark."

Hans-Joachim zieht grimassierend ein Taschentuch aus seiner Hose, schnäuzt sich hinein und gibt es ihr.

„Stimmt so."

Alle prusten los.

„Das war Anna Seghers", sagt der Tumor taktvoll. Er scheint zu blinzeln. „Du blutest übrigens aus dem Hals, Linus. Wir duzen uns doch, oder?"

Ich weiß nicht, was schlimmer ist: einen Tumor zu duzen oder einen Tumor zu siezen.

Mein Mundschutz ist durchgeweicht und klebt wie ein Abziehbild an meiner Haut. Ich reiße ihn weg und folge Anna Seghers, die sich geschickt zwischen den metallisch glänzenden Aliens hindurchschlängelt.

„Sind da Fruktane drin?", höre ich eines der Monster fragen.

Durch einen abschüssigen, plüschigen Korridor schlittere ich auf eine Galerie, die an einem schwindelnd hohen Bibliothekssaal entlangläuft. Buchrücken in allen Brauntönen bedecken die Wände. Es riecht nach Leder und Staub.

Wir zwängen uns an einem bärtigen Alten vorbei, dem ein lachhafter Schlüssel von seiner Mönchskutte baumelt. Er ruft durch ein Megaphon die Namen der Ankömmlinge aus:

„Die unsterbliche – Annaaaaaaaa – Seghers!"

Die Menge applaudiert. Dicht und trinkend füllen kostümierte Menschen den Saal und schieben sich bis auf die höchsten Stufen der vier Wendeltreppen, die sich wie

Türme zur Galerie hochschrauben.

Jemand kreischt: „*DAS SECHSTE KREUZ!* Mein *All-time fav!*"

„Und wie war Euer Name nochmal?", fragt mich der Bärtige.

„Ähm." Ich muss tatsächlich nachdenken. „Minus!"

„Pronomen?"

„Xylofon."

„Xylofon unsterblicheeeeee – Minus!"

Niemand schaut hoch. Ein paar Banausen pfeifen.

„Ihr dürft Euch jetzt zu Eurem Regal begeben, äh, Mimus", hilft mir der Ausrufer.

„Wo ist mein Regal?"

„Epos oder Tragödie?"

„Epos", sage ich, ohne nachzudenken.

„Epos – M – einfach alphabetisch." Mit einer weiten Kreisbewegung deutet er in den Saal.

Irgendetwas spüre ich an meinem linken Ohr. Ich greife danach und merke, dass es sich verschiebt. Ich wische vorsichtig mit zwei Fingern abwärts, etwas fällt klebrig über mein Hemd zu Boden. Es sieht aus wie mein Ohr, mein ehemaliges. Würgend strauchle ich vorwärts und finde einen Aufzug. Den Liftboy kenne ich. Es ist Stanislaus, der Privatdozent aus dem Büro, in einer beatlebunten Livree.

„Tragen Sie ungeprüfte Elektrogeräte bei sich?", leiert er amtlich. „Penispumpen? Achseldildos? Quantenharmonizer? Orgonakkumulatoren?"

„Na ja…" Eigentlich will ich wissen, ob er mir sowas verkaufen kann. Da registriere ich, dass etwas auf meinen

Rücken geschnallt ist.

Stanislaus bemerkt es auch und pocht dagegen. „Nur den Kaffeevollautomaten?"

Er mustert mich skeptisch. „Sie bluten. Hier." Dabei macht er eine unbestimmte Geste vor Kopf und Oberkörper.

„Ich will nach oben", stammle ich.

„Von hier geht es leider nur nach unten."

„Ich will hier weg", korrigiere ich mich.

Wenig später ertönt ein Signal, der Aufzug gleitet auf und ich strebe durch die Bücherhalle. Hier hoffe ich Lie-feld-Orlowsky, meinen künftigen Agenten zu finden.

„Dass Superman im zweiten Film stirbt, kann ich ein-fach nicht glauben", sagt eine Frauenstimme in der Nähe.

„Der kommt wieder, ganz sicher!"

„Aber sie haben ihn doch beerdigt!"

„Da wäre er nicht der Erste."

Vorsichtig zwänge ich mich durch die Party. Viele Gesichter kommen mir bekannt vor, andere tragen Masken von Tieren und Popstars, dazwischen stehen als Götter oder Kaiser Kostümierte großkotzig herum. Der Fußboden ist mit welkem Laub bedeckt, eigentlich eine nette Deko-Idee.

Auf einer Bühne in der Mitte spielt eine Rockband. Ich erkenne Jim Morrison am Mikro, Snoopy an der Hammond-Orgel, Aristoteles am Bass (ein Namens-schild hängt aus seinem Bart) und Margaret Thatcher am Schlagzeug. Sie spielen *LIGHT MY FIRE*. Eine v-förmige Gitarre schwebt zwischen ihnen und lässt ein absurd-astral-geniales Solo hören.

„Wer spielt da Gitarre?", frage ich eine erschrockene Person, die wohl gehofft hat, ich würde sie mit dem Apfelbaum verwechseln, als der sie verkleidet ist.

„Das ist der Stargast."

„Wer ist der Stargast?"

Die Person blinzelt drei Mal einäugig aus einem Astloch. „Das ist Gott", sagt sie.

Hm. Ich nicke interessiert. „Gott spielt Gitarre?"

„Ich weiß, warum du dich wunderst." Das Astloch blickt verständnisvoll. „Aber es wäre viel unwahrscheinlicher, wenn Gott Alphorn spielen würde oder Bratsche, stimmt's?"

Ich überschlage diese Wahrscheinlichkeiten und gebe dem Baum Recht. „Oder Drehleier", ergänze ich.

Wir lauschen einem göttlichen Arpeggio-Sechzehntellauf in Terzen, aus dessen Obertönen ich den Chor aus Beethovens Neunter, von Gibbons gesungen, heraushöre.

Das Solo scheint nicht zu enden.

„Gott begleitet nicht. Er spielt nur Soli", erläutert der Baum.

„Logisch."

So unerforschlich ist Er gar nicht. Pietätvoll lächelnd entferne ich mich.

Am Ende des Saals erhebt sich in Gold und Violett eine Loge, hinter deren Draperien ein Turm aus Früchten und Konfekt glitzert, darüber elfenbeinerne Füllhörner, aus denen Blüten auf ein reichverziertes Speisesofa rieseln, auf dem gerade niemand speist.

„Ich habe gelesen", sagt ein unverkleideter Mann neben mir, „dass Tom Cruise absichtlich im Kosovo über eine Mine gefahren ist, um sich auf seine Rolle als Junge vorzubereiten, dessen Eltern im Kosovo über eine Mine gefahren sind."

Ich stelle an seinem abblätternden Gesicht fest, dass der unverkleidete Mann nur als unverkleideter Mann verkleidet ist.

„Wow, tolles Commitment! Und wie ist der Film?", fragt sein identisch kostümiertes Gegenüber.

„Es gibt keinen Film. Er ist dabei gestorben."

„Tom Cruise ist tot?"

Jetzt erst wird mir klar, dass ich träume. Das ist nicht real. In der Realität kann Tom Cruise nämlich alles, nur nicht sterben.

„Ihr Ohr, hey!", ruft man mir nach. „Sie haben Ihr Ohr verloren!"

Schnell weiter. Das Gehen fällt mir schwer, ohne dass ich weiß, warum. Ich will es auch nicht wissen und schaue nicht nach unten.

„Entschuldigen Sie bitte", wende ich mich an einen der Julius Cäsars, die hier im Dutzend herumscharwenzeln, „kennen Sie jemand, der Liefeld-Orlowsky heißt?"

Cäsar dreht sich mit großen Augen zu mir um.

„Krasse Maske!" Er verzieht das Marmorgesicht. „Igitt! Warum fasziniert mich das so?" Er nähert sich langsam wie einem alarmgesicherten Gemälde.

„Das ist die Ästhetik des Hässlichen", sage ich und wende mich ab. Meine Finger und Nägel sind enorm gewachsen. Weiß, dürr, mit spitzen Krallen ragen sie vor und brauchen im Gedränge mehr Platz als ich.

„Nosferatu!", ruft irgendein Klugscheißercineast.

„Lust auf 'nen Dreier, Zombieking?"

Einige Meter seitlich im Halbdunkel bemerke ich mit Schrecken ein haushohes Kreuz, an das ein Mensch genagelt ist. Schwer zu sagen, ob es Jesus ist oder irgendein anderes armes Schwein. Vor dem Kreuz stehen ein paar als Ungeziefer kostümierte Kinder und versuchen, ihm mit Gartengeräten die Zehen abzuhakeln.

Ich stoße an ein Pappschild, auf das jemand SAARBRÜ-CKEN geschrieben hat. Wer will da schon hin?, denke ich, schlage aber trotzdem die Richtung ein.

Neben einem gaffenden Pulk stoppe ich. Sie scharen sich um zwei Pokerspieler an einem schicken Schreibtisch mit Bankerlampen. Sofort identifiziere ich die Prominenz: Der eine, mit der Pfeife im Mund und gekrempeltem Streifenhemd, ist Nobelpreisträger Günter Grass (mit Doppel-s), der andere, ölig-braun, nur im Tanga und wie immer breit grinsend, Arnold Schwarzenegger.

„All in!", sagt Arnold und schiebt seine Chips in die Mitte.

Grass geht mit. Sie decken auf. Grass hat zwei Paar, Arnold eins. Arnold hört kurz auf zu grinsen.

„Kein Glückspiel", brummt Grass, während er alles in eine sehr braune Lehrertasche rafft.

„Nicht wie der Nobelpreis!", will ich rufen, merke aber, dass ich keine Stimme mehr habe.

„Ai öhrn matsch mohr manni in wan däi sänn dätt", sagt

Arnold gut gelaunt und zündet etwas Rauchbares an.

Da Grass weder Englisch noch Österreichisch kann, schüttelt er statt einer Antwort nur verärgert den Kopf.

Mühsam hinke ich zum Ende des Saals, wo mir eine grüne Tür auffällt, auf der wieder *SAARBRÜCKEN* steht. Es gibt absolut keinen Grund, durch diese Tür zu gehen, sage ich mir, und einhundertachtzigtausend Gründe, sie nur zu öffnen, um einen nuklearen Sprengkopf abzufeuern.

Neben einer Gruppe als Nutten verkleideter Minister, die ihre Tripperpusteln vergleichen, ballt sich wieder ein Menschenrudel um einen Tisch. Sie alle haben Bücher in der Hand, die sie jemandem hinstrecken. Auf der anderen Seite des Tisches flankieren zwei Bodyguards, die wie eine unmusikalische Version der Blues Brothers wirken, vermutlich den signierenden Autor. Darüber flirrt das Hologramm eines herrisch blickenden Mannes in schwarzem Hemd, halb Priester, halb Vampir, der mit weißer Hand einen Schriftzug in die Luft streicht, ein lateinisches Wort, das aussieht wie *FUCK MANKIND*. Ich kenne ihn von irgendwoher.

„Hey, da! Das ist Brinus vom Schrock!"

Einer der Autogrammjäger zeigt auf mich. Die anderen drehen sich um.

„Ja! Das ist er!!"

„Boah, ist der hässlich!"

„Er sieht aus wie im Traum-Kapitel!"

Sie blicken einander an.

„Er *ist* im Traum-Kapitel!!", schreit der Erste.

„Er hängt in einer Zeitschleife", sagt ein Gothic-Mädchen mit genussvollem Schauder.

„Das ist Fiktion – live!"

„Moment!", plärrt jemand. „Das heißt: Wir werden geträumt – *VON IHM*!"

„Wie – cool – ist – das – denn?!?"

Nach anderthalb Reaktionssekunden stürzen alle euphorisch auf mich los. Erschreckt jage ich der Tür mit dem Namen meiner vermaledeiten Heimatstadt entgegen. Was soll's? *Aller et retour.* Sie zerren schon an meiner Kaffeemaschine, schade, ich löse die Riemen und lasse sie zurück, dabei bricht meine ganze rechte Schulter wie ein morscher Ast ab und ich stolpere über meinen eigenen Arm. Das kann ich heute Abend nicht mehr in mein Tagebuch schreiben, denke ich sentimental (ich bin Rechtshänder – beziehungsweise war es).

„Okay", sagt Thomas käsig, nachdem ich außen an der verriegelten Tür zusammengesunken bin. Undeutlich sehe ich vor mir Wasser, Bäume, eine Autobrücke und diese halbe rostrote Industriearkade. Saarbrücken, Bürgerpark. Ein trostloses Gelände, das, seit es eingeweiht wurde, verschönert werden sollte. Noch so ein Plan, dessen Umsetzung täglich einen Tag in die Zukunft zurückweicht. Hier habe ich Boris das letzte Mal unter freiem Himmel gesehen, bevor er zum Sterben ins Krankenhaus kam.

„Liefeld-Orlowsky – sagt dir der Name noch was?", höre ich Thomas' Stimme von weit oben. „Der fand deinen Text super. Er war total geflasht! Und wo warst du?

Sechs Minuten hat er auf dich gewartet – länger als auf Pablo Escobar, als der ihm seine Autobiografie andrehen wollte! Er war nich' wütend. Aber er will deinen Namen nie wieder hören! Tschö mit ö! Gratuliere! Weiterhin viel Spaß in deiner Welt!"

Er schaut sich kopfschüttelnd um. „Hier gibt's gar keine Ratten mehr. Is' das ein gutes oder schlechtes Zeichen?"

Während mein Augenlicht schnell abnimmt, spüre ich, dass Thomas mich betrachtet.

„Du siehst ziemlich abgenudelt aus." Er überlegt, was er sonst Nettes sagen soll. „Komm rein! Dein Gosmos wird warm."

Die Tür geht auf und schließt sich wieder.

Stille, fast, ein paar Motoren in der Ferne. Keine Autos. Größeres Gerät.

Ich hab gewusst, dass mein Text gut ist, denke ich.

Es macht keinen Unterschied.

Nicht zu spät bemerke ich, wie gut sich der Verfall anfühlt. Von innen fast gemütlich. Endlich sind Alles und Nichts genau dasselbe.

„Sie sehen beschissen aus, Becker."

In der Dunkelheit erkenne ich die Stimme meines Chefs.

„Den Kopf brauchen Sie sowieso nicht zum Arbeiten. Aber Sie haben nur noch einen Arm. Das halbiert Ihr Gehalt."

Er öffnet eine Dose, trinkt und rülpst.

„Die gute Nachricht: Sie haben größere Probleme, schätze ich."

„Ich heiße Decker", sage ich unendlich langsam. „Mit D ... wie Dä-da-lus ..."

Aber niemand auf der Erde hört mich mehr.

siebzehn

„Ist hier noch Platz?", fragte ich.

Aslan saß allein in einem der kleineren Speiseräume, die eigentlich für Gäste vorbereitet waren. An einem weiß gedeckten Tisch schnitt er gemächlich seinen sonntäglichen Braten.

Ohne Lächeln sagte er: „Sicher."

Seit ich so respektlos gewesen war, direkter wirkende Angebote aus den ästhetischen Untiefen des Internets kritischen Studententrends der atonalen Tonkunst vorzuziehen, wurde ich von meinen Mitkünstler*innen diskriminiert. Die politisch unsaubere Herkunft aus den Achtzigerjahren beziehungsweise die sozial und kulturell noch verhängnisvollere Vorgeschichte als Ureinwohner des Saargebiets entschuldigte mich nicht mehr. Bewusste Sabotage der guten Sache wurde mir angelastet. Nur implizit natürlich, unangreifbar, wie in bürgerlichen Kreisen üblich, dafür nicht weniger wirksam. Sobald ich mit am Esstisch saß, wurde viel geräuspert und über Tischdekoration und Wetterverhältnisse konversiert. Auffällig viele Köpfe blickten, saß ich rechts am Tisch, nach links und umgekehrt. Ich ersparte ihnen und mir daher den Widerspruch, zugleich Sympathieentzug und ein Minimum an Menschenfreundlichkeit zu demonstrieren, und wich mit meinem proletarisch vollen Bratenteller in einen der Gästeräume aus. Das hatte ich ohnehin vorgehabt, um nicht mehr Karos kindlichen Monologen über ihre Vorlieben bei Yoga und Salat, die drohende Apokalypse durch Zucker, Weißmehl und Gluten oder die Verzückungen des Kräutersammelns lauschen zu müssen.

Aslan hatte sicher auch gute Gründe, den geselligeren Raum zu meiden.

„Das ist Schwein", sagte ich diskret, als er ein Stück Braten zum Mund führte.

„Unverkennbar", sagte er und kaute.

Ich lächelte wissend. „Auch Atheist?"

„Nein", sagte Aslan trocken. „Katholik."

Eine kleine Pause entstand, in der ich mich zu erinnern versuchte, wann zuletzt oder ob überhaupt je ich einer Person begegnet war, die sich ernsthaft als katholisch bezeichnet hatte, ohne dafür bezahlt zu werden. Natürlich erinnerte ich mich nicht.

„Ich auch", sagte ich mit bemühter Miene.

Aslan richtete einen gelangweilten Blick auf mich, meinen fantagelben Pullover (ich mag limonadenfarbene Pullover: man kann darin schlechte Laune haben, ohne dass man gleich therapeutisch befragt wird, warum), auf meinen Teller und wieder in mein Gesicht.

„Im Saarland leben sechzig Prozent Katholiken, mehr als in Bayern", sagte er ohne erkennbaren Frageton.

Ich hatte keine Ahnung. „Ganz genau", sagte ich.

„Ich bin aber kein Karteikatholik, den seine Eltern haben taufen lassen", erklärte er den Unterschied zwischen uns beiden, „sondern als Erwachsener konvertiert."

Ich lüpfte eine Braue. Das hatte ich jetzt wirklich noch nie gehört. Er hätte mir genauso gut erzählen können, dass er heute Morgen durch ein Wurmloch extra hierher gebeamt worden sei, um mir als einzigem Erdling klinisch getestete Penisverlängerungspillen anzubieten, das hätte ich nachvollziehbarer gefunden. Es war nicht so, dass ich ihm nicht glaubte; ich konnte es nur nicht begreifen.

Weil ich höflich sein wollte, schwieg ich. Aslan erriet das.

„Du bist nicht religiös." Wieder keine Frage.

Ich seufzte, als fiele mir die Antwort schwer: „Nein."

„Ich meine mit ‚religiös' nicht, dass man betet oder in die Kirche geht. Sondern ob man der Meinung ist, dass mit dem Tod alles endet."

Ich schob mir ein ungehörig großes Stück Schwein in den Mund, an dem ich sehr lange kauen musste, ehe ich mit geschlossenen Augen und im Expertenton eines Chefarzts am Sterbebett erwidern konnte: „Ich habe Philosophie studiert."

Anstatt ihn zu besänftigen, fachte mein Satz Aslans Diskussionslust an. Er rückte seinen Stuhl zurecht und wandte sich mir mit Interesse zu.

„Du bist also Fachmann für solche Fragen", deutete er mein Bekenntnis. „Hilft dir denn dein Studium bei einer Antwort?"

Ich schmierte mit einer halben Kartoffel philosophisch in der Bratensoße. „Über die Zukunft – also auch den eigenen Tod – kann man keine wahren Aussagen treffen", gab ich einen der zwei Sätze zum Besten, die ich mir aus den Logik-Vorlesungen behalten hatte. „Nur Wahrscheinlichkeitsaussagen."

„Falls man Daten hat, um eine Wahrscheinlichkeit zu berechnen", ergänzte Aslan.

„Sonst sind es bloße Vermutungen", bestätigte ich.

„Glaubensfragen."

„Genau", sagte ich dummerweise.

Aslan nickte bedächtig, als sei damit ein Streit entschieden, der erst gar nicht aufgekommen war.

„Keine Daten zu haben, heißt aber nicht", leitete ich elegant zum Angriff über, „dass eine religiöse Hypothese wahrscheinlicher ist als ihre Negation." Ich machte eine kleine Pause, diesen fachkundigen Satz nachwirken lassend. „Dass niemand wissen kann, was nach dem Tod kommt, ist folglich kein Grund anzunehmen, dass es danach weitergeht. Das zu glauben, ist ebenso plausibel wie es abzustreiten."

Ich lächelte gerade so freundlich, wie es noch höflich war, wenn man jemanden ausgeknockt hatte.

„Argumentum ad ignorantiam, richtig?", benannte Aslan korrekt diesen Fehlschluss. „Man kann das auch umgekehrt formulieren: Dass niemand wissen kann, was nach dem Tod kommt, ist ebenso kein Grund anzunehmen, dass nichts kommt. An etwas nach dem Tod zu glauben, ist nicht weniger plausibel als an nichts zu glauben."

Zugegeben. Ich sagte nichts.

Aslan reckte die Gabel in die Luft und dirigierte seinen Satz: „Auch wer an nichts glaubt – glaubt doch daran und sollte sich nicht einbilden, rationaler zu sein als jemand, der an etwas glaubt."

„Das kommt sehr auf das Etwas an."

Ich erläuterte, dass es nach *Ockhams Rasiermesser* einen ziemlichen Unterschied machte, ob man sich der Aussage enthielt, dass mit dem Tod alles zu Ende sei, oder ob man davon überzeugt war, dass mehrere Jenseitsreiche bestünden, denen die unsterblichen Menschenseelen gemäß ihrer Versündigung von einer gerechten göttlichen Körperschaft mit drei Anteilseignern zugeschlagen würden, bis am Jüngsten Tag eine moralische Endabrechnung veröffentlicht und Welt- und Erdgeschichte bis aufs letzte Atömchen liquidiert würden. Das seien doch recht zahlreiche und detaillierte Aussagen auf einem Gebiet, wo wir alle schwer im Dunkeln tappten.

„Nichts zu glauben ist die vernünftigere Alternative eines Denkens, das nur weiß, dass es nichts wissen kann", schloss ich und fühlte mir dabei fast eine Toga wachsen.

Aslan nickte vorsichtig zu meinen Ausführungen. Er lächelte sogar und blinzelte humorvoll, wie es viele liberale Gläubige tun, wenn sie auf Scherz und Spott stoßen, um eine Lockerheit im Umgang mit ihrem Allerheiligsten vorzuspielen, die sie nicht haben können, ohne Heiden oder Ketzer zu sein. Ich war allergisch gegen diese Maskerade. Mit dem nächsten Argument wollte ich ihm seinen dogmenreichen, von tonnenhohlen Narren-Glocken feierlich widerhallenden Katholizismus um die Ohren klumpen, dass ihm das Taufwasser zur Nase heraustroff.

„Sicher kann man das nicht rational begründen", räumte Aslan plötzlich pseudosachlich ein. „Wer glaubt, setzt seine Hoffnung ja gerade darauf, dass die Vernunft nicht das letzte Wort hat. Aber das ist dir als Philosoph sicher fremd."

Nein. Die Hoffnung, dass die Vernunft das letzte Wort haben würde, hatte ich nie gehabt. Vernunft war nicht besser als Religion. Sie war nur eine weitere Instanz, auf die Leute sich beriefen, die in anderer Leute Leben zu höheren Zwecken und aus tieferen Gründen herumregieren wollten. Seit die Götter abgewirtschaftet hatten, waren Vernunft, Humanität und Gleichheit die Hauptsponsoren aller Heuchelei.

„Hoffnung ist nur noch selten Thema der Philosophie", beschied ich knapp.

„Ich finde trotzdem nicht, dass Hoffnung und Vernunft sich widersprechen müssen", sagte Aslan. „Vielleicht ist Hoffnung nur die Verlängerung des rationalen Denkens in Räume hinein, über die wir nichts wissen können, aber doch nachdenken müssen: die Seele, die Zukunft, den Tod."

Den Tod. Ich formte meinen Mund zu einem Entenschnabel, erstens weil er das Thema schon vorhin aufgebracht hatte, zweitens weil es dazu nichts Sinnvolles zu sagen gab und drittens weil jemand, der mehrmals etwas kommentierte, wozu es nichts Sinnvolles zu sagen gab, nicht nur meine Zeit vergeudete, sondern schon alle Kriterien eines Eiferers erfüllte, nämlich Dinge zu wiederholen, die niemand wusste, weil er an die Ausnahme glaubte, sie selbst doch zu wissen. Ich zwang mich, ihm, wie wenn er eine Figur in meinem Roman wäre, noch etwa eine Normseite einzuräumen, bevor ich das Kapitel mit einem streng logischen Einwand beenden wollte.

Aslan war fertig mit dem Essen und legte sein Besteck exakt auf vier Uhr zwanzig. „Ich möchte, um das Thema abzuschließen, ein kleines Gedankenexperiment formulieren", sagte er, nachdem er tief durchgeatmet hatte.

„Angenommen, dass alle Vernunft, wissenschaftliche Ergebnisse, Studien und historische Belege, all das gegen die christliche Religion spräche, und dass der klügste Mensch, den es gibt, diese Resultate sämtlich kennte und jetzt beurteilen sollte, ob das Christentum abgeschafft wird oder nicht. Was könnte ihn von einem Verdikt noch abhalten?"

Er schaute mich neugierig an, aber sein Gedankengang machte ihm mehr Spaß als mir. Ich verschwieg, dass ich das Christentum schon immer für abschaffenswert gehalten hatte, auch ohne weitere Belege, und zuckte nur die Achseln.

„Ein Christ könnte ihm erwidern, dass er trotz aller Wissenschaft nicht wüsste, was nach dem Tod kommt – und nur daraus drei Sätze ableiten." Aslan zählte die Sätze an den Fingern seiner linken Hand ab, wo ein goldener Siegelring mit Onyx glänzte: „Erstens: Wo man nicht weiß, darf man doch hoffen. Zweitens: Wer über den Tod hinaushofft, hofft auf Gott, seine Liebe und ewiges Leben. Drittens: Indem man mit und aus dieser Hoffnung lebt, glaubt man. So könnte man Glaube, Liebe, Hoffnung, die drei christlichen Tugenden, vielleicht nicht ganz gegen die Vernunft verteidigen."

In Aslans Augen las ich sein eitles Bemühen, nicht als Gläubiger, sondern vernünftig zu erscheinen. Ein Mann, der sich unsichtbaren Wesen unterordnete, war schließlich nicht nur unmodern, er konnte sogar peinlich wirken, ängstlich, kindisch, wirr. Diese Befürchtung merkte ich seinem kühl-rechnerischen Getue an, das so wenig zu

Glaube, Liebe, Hoffnung passte wie ein Sturmgewehr zu einer Nonne und das ihn, fand ich, schon widerlegte.

„Selbst wenn man aber die Verteidigung des Christen zurückweist, bleibt eine allerletzte Frage", fügte er wichtigtuerisch hinzu: „Ist das Leiden an der Vernunft dem Trost durch eine falsche Hoffnung wirklich vorzuziehen?"

Ich war jetzt auch mit meinem Braten zu Ende und lehnte mich schwer seufzend im Stuhl zurück, als säße ich in einem Herrenzimmer des neunzehnten Jahrhunderts zwischen mächtigen Diplomaten, die gerade Afrika unter sich aufteilten, die Einführung der Zensur beschlossen oder ähnlich Wegweisendes verfügten. Das hatte schon was, so zu tun, als wäre man am Gott- und All-Geschehen irgendwie als Stimmberechtigter beteiligt.

Tiefsinnig blickte ich in die linke obere Ecke des Speiseraums – wo irgendein Geschöpf hockte, eine Spinne, eine Fliege im Netz oder ein minimierter Engel, nicht einmal das konnte ich schwacher Mensch wissen – bevor ich erwiderte: „Das ist alles schön gesagt. Dass etwas tröstlich ist und einem Mindestmaß an Vernunft entspricht, also nicht verrückt ist, dürfte notwendig sein, damit man daran glauben kann. Aber es reicht nicht aus, den Glauben zu begründen. In der Sprache der Logik: Es ist eine notwendige, aber keineswegs hinreichende Bedingung."

Das war der zweite der zwei Sätze, die ich mir aus den Logik-Vorlesungen behalten hatte.

Aslan tat so, als würde er nachdenken. Aber ihm war klar, dass ich Recht hatte und sein wohlkonstruiertes Gedankenspiel das große Rätsel nicht löste. Womöglich hatte ich seine hohe Meinung von sich selbst etwas nach unten korrigiert. Vielleicht hatte er aber auch nur testen wollen, ob ich imstande wäre, argumentativ den Finger in die Wunde zu legen, wie es in der Bibel so schön hieß. Die Wunde lag jetzt jedenfalls so offen zutage wie die Muschi einer Nymphomanin in Isohaft. Eine ganze Faust passte da hinein: Für Hoffnung gab es keinen rationalen Grund.

Als wir unsere leeren Teller über den Flur trugen, versuchte ich, nicht so zu wirken, als fiele mir das leichter.

In der folgenden Nacht träumte ich wieder wie wenn man mein Hirnschwein mit Meskalin-Chips und den saftigsten Seiten aus Marquis de Sade gefüttert hätte. Dieses Mal irrte ich nicht durch Los Carambas oder Saarbrücken, sondern durch Preußen, einen Wald, das Künstlerhaus, traf Kant und Kleist, verwandelte mich in ein Kaninchen, moppelte auf einem Schnabeltier herum und so weiter. Ich wachte zehn Mal auf, öffnete und schloss das Fenster und wunderte mich jedes Mal, dass es schon wieder geschlossen oder offen war. Mein Kopf fühlte sich wie ein prallgepumpter Autoreifen an, obwohl ich am Abend nur ein Glas Wein getrunken hatte, und gegen Morgen wurde mir, als ich zur Toilette ging, plötzlich so schwindlig, dass ich kotzen musste. Was zur Hölle hatte das nun wieder zu bedeuten? Na ja, solange ich nicht schwanger war, sollte mir alles recht sein.

Mit Mühe tastete ich mich an der Wand zum Bett zurück. Da meditierte ich herum, bis es endlich dämmerte. Ich bekam Hunger – ein gutes Zeichen – und taperte fast schwindelfrei im Zwielicht treppabwärts bis zum Snack-Tablett im Speiseraum. Viel war nicht übrig: *TWIX, LION, NUTS* – eine Auswahl wie vor der Wende, aber immerhin im Westen. Ich entschied mich für zwei *LION*, füllte vorsichtig ein Weinglas, um das Frühstück stilvoll aufzubürgern, schaltete das Licht ein und nahm gemütlich Platz.

Aber gerade dort, wo ich mich niederließ, hatte kürzlich jemand diniert. Das Filzset war von Krümeln, *BALISTO*-Trümmern und zerrissenen Verpackungen bedeckt, als hätte man in Trance oder in Hast versucht, ein Dutzend Schokoriegel zu vertilgen. Daneben ein benutztes Weinglas mit kakaobraunen Fingerabdrücken. Ohne sie genau zu untersuchen – zur Detektivarbeit fehlt mir die Geduld – entsorgte ich die unappetitlichen Reste, schüttelte den Filz aus und spülte das Glas. Ich wusste ja, wer hier gewesen war. Noch immer wollte ich keine Angst bei meinen Mitstipendiaten auslösen – von denen es theoretisch jeder selbst hätte gewesen sein können.

Vorsichtig und ohne Übelkeit aß ich den Riegel, trank aber nur zwei Schluck vom Wein, vor dem mich ekelte, bevor ich in mein Zimmer zurückschlich. Ich machte einen Umweg durch den unteren Salon. Die Terrassentür war verschlossen, der Vorhang, den ich gestern Abend zugezogen hatte, unverändert. Ich schaute aus dem Fenster. Mitten auf der von Heckenkegeln eingerahmten Rasenfläche stand ein junges Reh auf dünnen Beinen und fraß. Seine Ohren drehten sich hin und her, aber es ließ den Kopf zum Gras gesenkt. Behutsam zog ich mich zurück und verließ den Raum.

Auf dem Teppich vor dem Lesezimmer, wenige Meter von meiner Tür entfernt, erspähte ich im Morgenlicht eine dunkle Spur. Ich beugte mich darüber. Es waren halbzertretene Schokoriegelstücke. Ich hob sie auf und rieb den Teppich notdürftig sauber. Die Tür zum Lesezimmer war nur angelehnt. Ich lauschte, klopfte leise dagegen. Nichts.

Dann wusch ich mir die Hände und legte mich wieder ins Bett.

Natürlich schlief ich nicht mehr.

achtzehn

Eine Woche später fuhr ich nach Berlin, wo ich in einem Drei-Sterne-Hotel am Stuttgarter Platz abstieg, von dem ich mir gediegene Charlottenburger Atmosphäre drinnen und draußen erwartet hatte. Die Hülle meines neuen Anzugs vor mir hertragend wie ein römischer Feldherr den Kopf eines Barbarenfürsten, kletterte ich aus dem S-Bahnhof. Ein aufblasbarer Patron mit Kochmütze winkte mir steifarmig, im *CHICKEN MEISTER* zu speisen. Mein Hotel lag gleich daneben. Über den braungelaufenen roten Teppich hauchte mir Friteusenfett entgegen.

Ich war seit drei oder vier Jahren nicht mehr in Berlin gewesen. Meinen letzten Ausflug hierher hatte ich mit Boris unternommen und dabei zwei Dinge gelernt: dass man problemlos nur mit Russisch durch die deutsche Hauptstadt kam und dass man mit dem Alter nicht weniger, sondern mehr Schlaf brauchte. Boris hatte, wie immer, wenn er berauscht war, alle möglichen Leute in seiner Muttersprache angequatscht – Busfahrer, Prostituierte, Polizisten – und überraschend oft hatten sie ihm auf Russisch geantwortet. Auch ich hatte einen nützlichen Satz gelernt:

„Какой бар открыт всю ночь?" (Welche Bar ist die ganze Nacht geöffnet?)

Aber diesmal war ich ja geschäftlich hier.

„Sind Sie auf Geschäftsreise oder privat unterwegs?", fragte mich die Rezeptionistin leiernd, eine Babuschka mit Dauerwelle und rollendem R.

„Ich bin geschäftlich hier", sagte ich streng und knisterte mit meiner Anzughülle.

Den Satz hatte ich schon als kleiner Junge sagen wollen. Andere Jungs träumten von einem Leben, in dem sie brüllen durften: *Steigen Sie mit erhobenen Händen aus dem Wagen – und keine Tricks!* Oder ihren Söldnern zuzischten: *Wenn es blutet, können wir es töten!* Ich war eben immer schon zivilisierter gewesen. Und jetzt, ein halbes Jahrhundert später konnte ich endlich meinen Wunschsatz anbringen – in einem Fast-Vier-Sterne-Hotel in Deutschlands prickelnder Hauptstadt, zur Rechten meinen Rollkoffer, zur Linken einen mittelpreisigen italienischen Anzug (dessen Marke ich vergessen hatte), das Kultusministerium der östlichsten französischen Provinz finanzierte meine künstlerischen Visionen, ich logierte in einem antik möblierten Herrenhaus im Land der Junker, wo ich auf dem Weg zu meinem persönlichen Kaffeevollautomaten Anna Seghers zuzwinkerte, die dort lebensgroß in Öl hing, weil sie nicht zufällig nebenan gewohnt hatte. Und in vierundzwanzig Stunden sollte ich niemand Geringerem begegnen als dem geheimnisumwobenen Impresario Liefeld-Orlowsky, dem genialen Medien-Maestro, dem Puppenspieler der Jahrhunderttalente, dem 007 der Literaturagenten, der in Brinus vom Schrock die epische Zukunft des Abendlands witterte und postmoderne Cocktails mit mir zu schlürfen begehrte, deren Zutatenliste auch nur abzulesen ein niederfrequentes Kleinbürgerhirn wie das meines Chefs schon hätte implodieren lassen!

Zugegeben, ich hatte bisher keinen Cent Einnahmen in Aussicht, was dem Verständnis des Begriffs ‚geschäftlich‘ im engeren Sinne nicht entsprach. Aber ich hatte immerhin meine Hand an der Möglichkeit eines Geschäfts oder jedenfalls würde ich in ein konstruktives Gespräch eintreten über etwaige Möglichkeiten eines Honorars – und ohne diesen Schritt war noch niemand nach oben gelangt. Ich war ein Geheimtipp mit Harry-Potter-mäßigen Gewinnaussichten – nur Erbsenzähler und Banken konnten daran zweifeln!

In meinem Zimmer war es tropisch heiß. Jemand hatte die Heizung voll aufgedreht, dann den Thermostat abgesägt und netterweise auf der Fensterbank liegen lassen. Da ich nie mein Schlafzimmer heize, um nicht noch häufiger Alpträume zu haben, verlangte ich sofort ein neues Zimmer.

Das sei dann aber nicht so schön, drohte man mir.

Dafür war es größer, mit Doppelbett und Schlafsofa, Kühlschrank und Schreibtisch. Ich hatte meine Residenz gerade halb zufrieden inspiziert – dabei jedoch missfällig zur Kenntnis genommen, dass der Safe defekt war, wo ich meinen Fitnesstracker und ein paar Kondome verwahrt hätte, damit kein Scherzkeks sie mit einer Nadel perforieren und meinen wirtschaftlichen Aufwärtstrend durch Alimente an untervögelte Charlottenburgerinnen kippen konnte – als ich auf dem Heizkörper im Bad zwei rosa Socken und ein Damentop entdeckte, auf das mit Pailletten der Schriftzug Global Girl appliziert war.

Auf dem Bett unterm defekten Rauchmelder eine Zigarre genießend, spekulierte ich gerade über die Herkunft der Wäsche, als die Tür aufgerissen wurde und eine aschblonde, traurig aussehende Frau mit zwei Warzen auf der Backe an meinem Fußende stand.

„Was machen Sie hier?", fragte ich sie.

Sie sprach kein Deutsch.

„Ich kann leider kein Russisch", sagte ich. „Ich bin nicht von hier."

Ihre Gesten in Richtung Badezimmer ließen mich erraten, dass sie die Besitzerin der Wäsche war. Ich holte die Sachen aus dem Mülleimer und reichte sie ihr. Sie huschte aus dem Zimmer. Ich versuchte mir zusammenzureimen, weshalb sie ihre Socken in meinem Bad getrocknet hatte, aber die Wirklichkeit war meiner Phantasie sicher meilenweit voraus.

Ich rauchte zu Ende und ging nach draußen. Vor dem Aufzug wartete ein muskulöser, tätowierter Kerl.

„Willst dich mit mir anlegen?", fragte er.

„Was?"

„Schon okay", sagte er gnädig.

Wir stiegen in den Aufzug und fuhren ins Erdgeschoss.

„Komm mir nicht mit den Bogners", sagte er zum Aufzug. „Scheiß-Russenfamilie!"

Das Thema langweilte mich allmählich.

Der Lift hielt irrtümlich im ersten Stock. Die Tür glitt auf, niemand stand draußen.

„Sieht alles gleich aus", murmelte der Tätowierte.

Er hatte Recht.

Wir kamen unten an und mein neuer Bekannter verließ weiterbrabbelnd das Hotel mit zackigen Bewegungen.

„Eben war eine Frau in meinem Zimmer", sagte ich zur Rezeptionistin.

Völlig ausdruckslos fragte sie, wie die Frau ausgesehen habe.

„Meine Größe, mein Alter, dunkelblond. Warzen."

Sie nickte. „Ist Putzfrau. Hat Schlüssel."

Wenn ich nicht gestört werden wollte, könnte ich ja das Schild *BITTE NICHT STÖREN!* vor die Tür hängen.

Ich merkte mir den guten Rat und beschloss, lieber gleich in die Stadt zu verschwinden, bevor noch mehr Putzfrauen an meinem Bett auftauchten.

Berlin im Herbst, spätnachmittags: kein Grund, einen lyrischen Satz zu schnörkeln. Das mit Müll und Hundekot versetzte Durcheinander von Billigbuden, *SPÄTKAUF*, Döner, Ladenketten, Barber Shops, verlassenen Baustellen, Unkrautbrachen, regengrauen Wohnblocks und bemüht stylischer Gastronomie, in dem verirrte Touristen, übellaunige Einheimische und grinsende Jungberliner umeinandertapsten, ermüdete jeden, der kein klares Ziel hatte, sofort. In Berlin zu flanieren war so reizvoll wie nach dem Pinkeln noch zwei Stunden in der Herrentoilette eines transnistrischen Bahnhofs herumzustehen. Man ist froh, dass es die Toilette überhaupt gibt, aber emotionaler wird es nicht. Es gab einfach nichts Besonderes zu sehen, nichts besonders Schönes, nichts besonders Seltenes, und darin war Berlin ja durchaus repräsentativ für Deutschland insgesamt. Freundlich gesagt: Dieses Land war nichts für Leute, die das Staunen lernen wollten.

Ich hatte schon oft gedacht: Hätte Berlin nicht Hitler, Preußen und die DDR gehabt, gäbe es hier gar nichts zu besichtigen. Ohne autoritäre Regime hätte Deutschland im internationalen Vergleich nicht viel vorzuweisen, was Touristen und Produzenten von Fernsehdokus interessieren würde. Leider war Hitler eine größere Attraktion als Bach, Goethe und Einstein zusammen. In der moralisch fragwürdigen Kategorie *SENSATIONELLE MONSTERPROJEKTE* hatten die Chinesen ihre Mauer, die Amerikaner Las Vegas – und wir den Zweiten Weltkrieg. Hitler war der *MONEY SHOT* der deutschen Geschichte. In dieser ultimativ gotischen Graphic Novel war er der *JOKER* – und ihn hatte es wirklich gegeben.

Von der wimmelnden Belanglosigkeit um mich her war ich hungrig geworden. Ich fand eine Pizzeria mit dem Namen *PORTOFINO*, wo es bayerisches Bier und *Spanferkelpizza* gab, in die ich mich einrollen wollte vor Gaumenlust. Eine sizilianisch dunkle Kellnerin mit langem, glattem Haar bediente mich. Von ihr hätte ich mich am Hundehalsband durch das Colosseum führen lassen, selbst wenn mich von den Rängen alle, die ich je beleidigt hatte, mit Gemüseresten hätten bewerfen dürfen. In dieser quasireligiösen Stimmung bestellte ich auf ihre Empfehlung eine Flasche ligurischen Rotwein und trank sie in lächelnder Versenkung aus.

Als ich das Lokal verließ – um ein Trinkgeld erleichtert, das beim Jüngsten Gericht meinen Minusposten *UNKEUSCHHEIT* zu einem guten Zehntel ausgleichen würde – war es dunkel, ich in Kneipenlaune und Berlin schon viel attraktiver. Um nicht so langweilig auszusehen, wie ich mich fühlte, und meine Flirt-Chancen zu erhöhen, zog ich im Hotel den neuen Anzug an. Ich wusste, dass ein seriöser Kleidungsstil im Paarungsverhalten beider Geschlechter einen bedeutsamen Unterschied ausmachte. Sich mit Anzugträgern zu paaren, hatte sich wohl im Lauf der Evolution als Vorteil erwiesen, wie man leicht daran sah, dass die Lendenschurz- und Bärenfell-Kollegen ausgestorben waren. Es war ein silbergrau melierter Einreiher, der gut in eine mittelpreisige Cocktail-Bar passte. Darunter trug ich ein Shirt im SUPERMAN-Design, das sowohl den Anzug als auch mich als auch sich selbst ironisch brach. Hach, war unsere Kultur doch kompliziert geworden. So kompliziert, dass man sich getrost zudröhnen und aufhören konnte, darüber nachzudenken, ohne eine Erkenntnis zu versäumen.

Vor einer Bar namens WÜRGEENGEL, wo ich einen Cocktail mit Muskat und Absinth einnahm und draußen rauchen musste, kam ich mit einer jungen *Schauspielerin* ins Gespräch. Sie war lang, blond, fad, trug ein rotes Strickkleid und weiße Sneakers. Sie strahlte Fruchtbarkeit und Optimismus aus, wie das Kind eines spendablen Wirtschaftsanwalts, das noch nie in seinem Leben Zahnschmerzen oder gar größere Probleme gehabt hatte. Ich erinnerte sie wohl an einen Onkel oder Lehrer, denn sie erzählte mir aus ihrem Leben, als wären wir zu diesem Zweck verabredet. Ihre Freundin hätte sie versetzt, erklärte sie mit rollenden Augen, und nach drei Minuten kam ich auch darauf, wieso.

„Ich bin gern Single. Ich hab sowieso voll viel zu tun gerade. Jede Woche mindestens zwei Castings gerade.

Aber ist ja super, wenn man so viel zu tun hat. Gerade hab ich sogar Wim Wenders getroffen. Also gesehen. Vor so einer Produktionsfirma. Da war ich nicht so gut drauf, sonst hätt ich ihn natürlich angesprochen. Da hab ich mich gerade von meinem Freund getrennt. Jeremy. Er ist aus Kalifornien, seine Mutter hat eine Konzertagentur in San Diego. Die kennt Johnny Depp persönlich. Schon geil. Na ja."

Ich verlangte die Rechnung.

„Er hat mir eine superschräge Nachricht bei WHATSAPP geschickt abends. Also Jeremy, nicht Johnny Depp, haha. Wir hatten uns bei Freunden gestritten, voll peinlich. Ich bin allein heimgefahren und lieg mit einem koffeinfreien Mandel-Moccacino im Bett, da schreibt er mir: *Ich vernichte dich!* Total krass, oder?"

„Krass", bestätigte ich, mich nach Geld durchsuchend.

„Ich hab sofort mit ihm Schluss gemacht und das meiner Mutter erzählt, die hat gesagt, er wär bestimmt ein Soziopath. So wie Putin oder Dexter. Und weißt du, was er selber gesagt hat dazu? Das ist superstrange! Dass es nur ein Missverständnis war, dass die Autokorrektur von seinem *I-PHONE* schuld wäre – eigentlich hätte er mir nämlich schreiben wollen: *Ich vermisse dich.*"

Interessantes Detail, dachte ich, das merke ich mir.

Als ich mich verabschiedete, schnitt sie eine Schnute wie ein Kind. Ich beeilte mich nach draußen, bevor noch jemand dachte, ich sei pädophil.

Stundenlang irrte ich durch Kreuzberg und Neukölln,

zuerst auf der Suche nach einer gemütlichen Bar, wo man im Anzug nicht auffiel, dann nur noch nach einer, wo man sich ihn nicht schmutzig machte. Um nicht zu verdursten oder auszunüchtern, rastete ich in zwei, drei der wenigen Kneipen, die sich an ihre eigenen Öffnungszeiten hielten und nicht vor Mitternacht schon von innen abgeschlossen waren. Ich geriet in typische Kreuzberger Akademikerhöhlen, wo das alternative Juste Milieu sich selbst versicherte, auch mit vierzig oder fünfzig noch der Zeitgeistforderung zu entsprechen, ewig jung, fortschrittlich und im Recht zu sein. Diese in serieller Trash-Ästhetik liebevoll gestalteten Checker-Treffpunkte sahen seit den Achtzigern durchweg so aus, als hätte man vor der Eröffnung hundert unehrenhaft entlassene russische Söldner wochenlang dort feiern lassen, um seine sozial nach unten offene Liberalität zu demonstrieren. Mich nervten hier das selbstgerechte Geeier der geistig und moralisch Pseudo-Elitären ohne erwähnenswerte Leistungen, Erfahrungen oder Erkenntnisse, die risikofreie Rechthaberei, die schon in ihren Stimmen mitklang, der Cliquengeist, die modischen Gesinnungsklone, auch das spätpubertäre Servicepersonal, das im Coolness-Stupor in der Ecke vegetierte und nicht wusste, welches Bier vom Fass war, die versifften Klos, wo man nicht ficken konnte, ohne sich parasitäre Pilze zu holen, die knittrigen Plakate von progressiven Filmklassikern, die keiner sehen, deren Poster aber alle in der Küche haben wollten, ohne dass sich jemand traute, sie zu stehlen, die Dutzende unberührten Flyer zu Kunstprojekten, die man während des Lesens schon wieder vergaß, und natürlich an jedem Tisch Weltkritik und Freundeslob, Sendungs-euphorie und Networking in eigener Sache, alles Larifari und umsonst und kollektiv oder für Kinder oder Minder-heiten oder *open air* oder in *progress*, Theater im Park, Poesie für Geflüchtete, genderfluides Mangazeichnen, Kurzfilme, Slams, Performances, Die-Ins, Pop-Ups, Smart Mobs, als rauschendes Kulturbankett geplant, faktisch nicht mehr als Essensreste im Wolfsgebiss des Westens – der ganze Artsy-Fartsy-Bullshit, lauwarme Moralkitsch und anästhetisches Ejakulat ohne Nachfrage und oft auch ohne Angebot – als wäre alles, was selbst erdacht und selbstgemacht ist, schon deshalb schön und wichtig, so wie es verwöhnten Bürgerkindern beigebracht wird, deren Eltern jedes Häufchen loben, das sie fabrizieren – all das war nichts als eine infantile Ego-Phantasie, zu der die Welt nicht passte. Das nahmen die Kreativen der Welt übel. Deshalb und nur deshalb wollten sie eine *bessere Welt*. Das war der ganze Mechanismus. Die Erkenntnis, dass auch sie einen Planeten bewohnten, dessen Human-osphäre von Landwirtschaft und Industrie, von Krieg und Religion, von Trieben, Krankheit, Täuschung, Geld und nicht auch nur zu einem Hunderttausendstel von linken Kreativprojekten bestimmt wurde noch je davon bestimmt werden würde, hätten sie sicher als trau-matisch und diskriminierend empfunden. Vor dieser simplen Einsicht aber würde ihre Selbstvernarrtheit sie auch weiterhin bewahren.

Ich verlief mich öderweise im Bergmannkiez. Hier

hatte in den Neunzigern ein Freund von mir gewohnt, bevor arrivierte Grünwähler die Mieten so hochgetrieben hatten, dass Nichtakademiker nur noch zum Putzen in das Viertel gelassen wurden. Auf einer Hauswand stand in schwarzer Schönschrift

EVACUATEMORIA.

Ich begegnete mehreren Mäusen, aber keiner Ratte. Selbst die Nagerwelt war hier entproletarisiert, gewaltfrei und sensibel. Auf irgendeinem Weg, an den ich mich überhaupt nicht erinnere, fand ich zu einer Haltestelle mit vier wortkargen Jungs, die alle die gleichen weißen Turnschuhe und schwarzen *ADIDAS*-Hosen trugen. Mit dem Nachtbus kam ich immerhin noch vor dem frühen Morgen nach Charlottenburg zurück und kehrte, wieder nüchtern wie ein Kosmonaut, hungrig und durstig ins *SCHWARZE CAFÉ* ein, das – Lob sei dem Herrn, dessen Sonne auch immer leuchtet – rund um die Uhr geöffnet war. Hier traf ich Elenor.

„Cooles T-Shirt", sprach sie mich vom Nebentisch an.

Ich schaute auf meine Superman-Brust. „Ja, das berühmte S", sagte ich dämlich.

„Das ist kein S", widersprach sie. „Es steht für Hoffnung."

Das kam mir bekannt vor.

„Du kennst dich aus mit Supermännern", sagte ich noch dämlicher.

„Die gibt's nur im Film", sagte sie. „Aber die Filme kenn

ich."

Wir fachsimpelten ein wenig über Superhelden und schlechte Filme. Nebenher aß ich ein Puten-Sandwich mit Erdnussbutter und Mango. Ich roch Elenors Parfüm, einen herben, aber nicht unangenehmen Duft. Sie war mittelgroß, gebräunt, dezent geschminkt, hatte blonde Locken und ein ehemals hübsches, abgekämpftes Gesicht, dem man ansah, dass sie nicht nur trank, wenn sie durstig war. Blaue Jeans und Jeansjacke waren beide etwas zu knapp für ihr Alter, was bedeutete, dass sie noch immer ein Sexualleben hatte oder haben wollte.

„Wie alt bist du?", fragte sie und besah mich zwanglos.

Vielleicht tat sie das nur, damit ich ihr Interesse bemerkte. Mein Interesse war klar genug. Ich hatte mein Sandwich gegessen und hätte gleich mit ihr weitermachen können.

„Fünfzig."

„Die hätt ich dir nicht gegeben. Siehst höchstens wie Mitte vierzig aus."

„Danke."

„Bist gut in Form, wa?"

Sie lächelte so mehrdeutig, dass es wieder eindeutig war.

„Das wirkt nur so", sagte ich wahrheitsgemäß.

Auf dem Weg zum Hotel kamen wir an einem parkähnlichen Grünstreifen vorbei, der im Dunkeln lag. Elenor blieb stehen.

„Du, ich muss heim, mir wird's zu spät." Sie deutete mit dem Kopf ins Dunkel und lächelte schief. „Ich besorg's dir hier auf die Schnelle."

Ich zögerte.

„Schwedisch", präzisierte sie und machte eine Geste.

„Okay", sagte ich.

Ihr Lächeln verzerrte sich noch mehr. „Lädst mich ein?"

„Worauf?"

Sie warf einen misstrauischen Blick die Straße hinunter, als wollte sie sehen, ob die Luft rein war.

„Gibst mir einfach zwanzig Euro. Dann hab ich auch was davon."

Sie stand mit dem Rücken zur Laterne, trotzdem versuchte ich, ihr in die Augen zu schauen. Ihr Mund war ernst, aber entspannt.

„Was? Ist doch nix dabei", sagte sie in mein Schweigen.

Ich holte tief Luft. Nein, es war nichts dabei.

„Einverstanden."

Ich zog mein Portemonnaie aus der Innentasche. Ich hatte den ganzen Abend bar gezahlt und fand nur noch einen Zehner.

„Moment", sagte ich.

Ich schob Münzen herum.

„Siebzehn sechzig. Mehr hab ich nicht."

Sie hielt die Hände auf, zählte nicht nach und stopfte das Geld in ihre engen Jeans, ohne mich anzusehen. Wortlos stieg sie voran über das Mäuerchen und wartete im Dunkeln neben einem alten Baum.

Ich holte meinen Schwanz selbst aus der Hose, sie stellte sich hinter mich und griff mit beiden Armen nach vorne wie eine Handwerkerin. Während sie geduldig knetete und rieb, flüsterte sie mir die üblichen Ferkeleien ins Ohr, die jeder Freier kennt. Es funktionierte. Ich spannte die Beine an und reckte mich vor. Im Cockpit meines Schädels drückte ein barmherziger Dämon den Schubhebel langsam nach vorn. Elenor wusste genau, was sie tat, und fingerte unbeirrbar weiter, bis ich nicht mehr wusste, wo ich war und wie ich hieß. Ich hörte einen Hund bellen und ein Auto vorbeifahren, und dann nahm ich nichts mehr wahr außer meinem Schwanz und dass all mein Blut in der Hüftgegend pulsierte wie in einem Rhinozerosherzen kurz vorm Infarkt.

„Jetzt! Komm!", keuchte sie. „Genieß es!"

Während es mir kam, halluzinierte ich Wildpferde in Zeitlupe, eine Sonnenfinsternis durchs Teleskop und eine strahlend weiße Stadt, die Hiroshima oder das Himmlische Jerusalem sein konnte. Elenor dehnte meinen Höhepunkt durch eine spezielle Technik, die nicht einmal ich selbst beherrschte, auf die maximale Dauer aus und schickte immer noch eine Verzückungswelle über mein Rückenmark ins leere Hirn.

Danach war alles sinnlos.

Ich suchte vergeblich nach einem Taschentuch und kleckerte mit meinem Sperma auf dem mittelpreisigen Anzug herum. Als ich mich nach Elenor umdrehte, war die Straße in beide Richtungen menschenleer.

Ich konnte mich nicht erinnern, wo mein Hotel lag, probierte alle Optionen aus, die eine Windrose so hatte, und kam am hellen Morgen zufällig an. Die Tür war offen, die Rezeption unbesetzt. Durch mein Zimmer hupte der Berufsverkehr, als hätten alle auf der Hauptstraße Tollwut. Zufriedene Menschen mit sinnvollen Jobs. Vorsichtig zog ich mich aus. Im Bett konnte ich die Augen nicht geschlossen halten, ohne dass mir schwindlig wurde. Dieses Problem hatte ich zuletzt mit vierzehn gehabt, als mein bester Freund Udo seine Entjungferung mit Opas Selbstgebranntem gefeiert hatte.

Zwei Milligramm *XANAX* halfen dagegen.

neunzehn

Um halb vier am nächsten Nachmittag rang ich mich aus dem Bett wie angeschossen. Erst unter der Dusche fielen mir die Eckdaten meiner Situation ein: Hotel – Berlin – erstes Drittel einundzwanzigstes Jahrhundert – Künstlerleben. Liefeld-Orlowsky! Wann war ich nochmal mit ihm verabredet? Und wo?

Thomas hatte mich am Mittwoch erreichen wollen, aber wegen eines Sturms, der anscheinend den einzigen brandenburgischen Funkmast umgeweht hatte, konnten wir nicht telefonieren. Er sprach mir auf die Mailbox:

„Okay, Brinus vom Schrock. Freitag, zweiundzwanzigster Oktober zwanzig einundzwanzig, dreiundzwanzig Uhr dreißig, Kreuzberg, *FILMKUNSTBAR FITZCARRALDO*. Nur Liefeld-Orlowsky und du. Hinterer Raum. Du erkennst ihn am Tee und am E-Reader. Sei pünktlich! Kein Hawaiihemd, kein Koks, kein Alkoholismus. Jedenfalls nicht davor und währenddessen. Er weiß nichts von deinem Roman, aber er ist bereit, sich zehn Minuten mit jemand zu unterhalten, der ihm was anzubieten hat. Komm nicht früher! Geh nicht früher! Toi, toi, toi."

Die Nachricht drei Mal abhörend, notierte ich die Angaben in meinen Taschenkalender, als zweiten Termin in diesem Jahr. Der erste war Boris' Beerdigung am 17. Januar gewesen. Beide würde ich nicht vermasseln.

Ich würgte einen Kaffee aus dem Automaten an der Rezeption herunter, eine neunzig Grad heiße Magenwandzersetzungsplörre in einem dieser dunkelbraunen, geriffelten Plastikbecher, in die noch nie etwas Genießbares geflossen war. Im Badezimmer-Spiegel sah ich wirklich nicht aus wie die Zukunft der deutschen Literatur. Aber wer konnte das schon von sich behaupten? Vielleicht war ja gerade das die Zukunft.

Mein Hirn fühlte sich genauso eingetrocknet an wie die Spermaspuren auf meinem Anzug, die ich mit Wasser und lila Flüssigseife leicht auswaschen konnte. So leicht würde mein Gehirn auch einmal vom Großen Transgalaktischen Anzugträger ausgewaschen werden.

Im *CHICKEN MEISTER* nebenan frühstückte ich einen Hähnchen-Döner und zwei *BECK'S. BECK'S* war zwar besser als nichts und damit besser als alles, was schlechter als nichts war, aber alles, was nicht schlecht war, war dafür besser als *BECK'S.* Es war gewissermaßen der Nullpunkt der Braukunst, von unten betrachtet. Siebzehn Uhr zehn. Ich hatte noch sechs Stunden Zeit, über Biermarken und sonstige Imbissthemen zu philosophieren und meine Hirnlappen auf die Art aufzuwärmen für die entscheidende Begegnung mit dem vor Geist und Einfluss blitzenden Impresario.

Auf der Kantstraße schrie ein zottelbärtiger Mensch in fleckigem Parka unartikulierte Laute. Ein paar gewichste Hipsterbärte, die selbst viel schlechter gekleidet waren, drehten sich feixend nach ihm um. Womöglich hatte er bisher bei Wildschweinen in Brandenburg gelebt, von denen er liebevoll aufgezogen worden war, und jetzt hatte es ihn erstmals nach Berlin verschlagen. Kein Grund, ihn komisch anzuschauen.

Um nicht der Gefahr zu erliegen, nach stundenlangem Herumstreifen besoffen in meinen Termin zu stolpern, kehrte ich ins Hotel zurück und schaltete den Fernseher ein. Das machte ich zuhause nur, wenn ich weggetreten genug war, um nichts mehr in Wirklichkeitsintensität wahrnehmen zu müssen, aber noch nicht so weggetreten, dass ich gleich bewusstlos wurde. Während man friedlich darauf wartete, den Verstand in einem dichter werdenden Scheiß-auf-alles-Nebel zu verlieren – dann und nur dann – war Fernsehen ein angenehmer Zeitvertreib. Leider war ich jetzt nicht in diesem goldenen Zustand.

Ich wich also einem Schwall Werbung aus und surfte auf einer Welle aus Wortmüll durch vierzig Kanäle: vorbei an hochgekoksten Sportreporterstimmen, gesichtsoperierten Privatsender-Nummerngirls, Vorabendkrimis aus deutschen Gefahrengebieten wie Husum und Kitzbühel, einem quatschigen Musikquiz (*Wie heißt die österreichische Kracher-Formation, die 1985 diesen internationalen Monsterhit hatte!?*) und einem nackten Paar im Regenwald einer Reality-Show, wo ich den fettwülstigen Mann bemitleidete, genau wie die Produzenten sich das wohl wünschten, dem beim Fischen mit einem selbstgebastelten Netz die Brille in den Amazonas fiel. Eine Weile schaute ich mir DIE SIMPSONS an. Durch einen Snackautomaten, den man in seiner Schule aufstellt, wird Bart junk-food-süchtig und landet in einem Fat Camp. Um die Kosten dafür aufzubringen, eröffnen die Simpsons eine Jugendherberge, die deutsche Touristen anzieht. Die Deutschen betrinken sich, zwingen Homer, *99 Luftballons* zu singen, und zählen sechsunddreißig Probleme auf, die man in Amerika endlich lösen müsse (*Krankenversi-*

cherung!). Das war das deutsche Wesen in einer Szene: grundlose Arroganz, Rechthaberei und Angst vor Zufällen. Zur Werbung für ein Medikament namens PRO-STAGUT schloss ich kurz die Augen. PROSTAGUT (Danke für Ihre großzügige Überweisung! Tatsächlich erfreue ich mich wieder eines jugendlichen Harnstrahls, mit dem ich, sollte es je wieder Schnee geben, den Namen Ihres Produkts in meiner winterlichen Heimatstadt öffentlich sichtbar zu machen gedenke) war ein toller, volksfreundlicher Produktname. OHROPAX schien dagegen nur für Bildungsbürger mit Latinum. Bald würde es sicher in OHROGUT umbenannt, aus Gleichheitsgründen. Und ASPIRIN in KOPPGUT, VIAGRA in LATTEGUT und VALIUM in ALLESGUT.

Als ich aufwachte, war es draußen dunkel. Vor mir flimmerte ein unrasiertes Doppelkinn über den Bildschirm.

„Wo waren Sie gestern Abend zwischen neun und zehn Uhr?", fragte es streng.

O nein! Wie spät war es?! Halb zehn – Gott sei Dank. Noch eine Stunde Zeit. Zum x-ten Mal überprüfte ich, ob ich wirklich repräsentable Stellen aus meinem Roman ausgewählt hatte. Außer einer farblich gestalteten Seite mit Zitaten, die ich für meine besten Formulierungen hielt, würde ich nur dreißig Zeilen zusammenhängenden Text vorlegen, anhand deren Liefeld-Orlowsky sich einen Überblick über Sprachgewalt und Erlebnistiefe des Romans verschaffen könnte – so mein Kalkül. Der Auszug handelte vom Tod meines Freundes Boris, ein Kapitel, das ich schon vor Wochen an einem regnerischen Tag begonnen und gerade abgeschlossen hatte. Es war nicht witzig, dafür etwas, das mir am Herzen lag. Ironie gab es in unserer Welt genug, ich hatte auch nichts dagegen, aber wie Cognactrüffel war sie nur verlockend, solange man sich nicht davon ernähren musste.

Um zweiundzwanzig Uhr versuchte ich meine Anzughose zu glätten, in der ich zwei Stunden auf dem Bett geschlafen hatte, zog ein violettes Hemd an, in dem ich aussah wie ein als Playboy verkleideter Bischof (oder umgekehrt?), gelte einen Scheitel in mein Haar und rasierte mich. Ich übte vor dem Spiegel ein letztes Mal die Sätze, die ich mir zurechtgezupft hatte, um mich teuerstmöglich zu verkaufen – Sätze, deren Form und Inhalt so wenig mit mir zu tun hatten wie der Preis, zu dem ich mich verkaufen wollte, mit der Ware, die ich zu verkaufen hatte. Hätte ich an irgendeinen Schicksalslenker geglaubt, ich hätte an IHN jetzt etwa diese Worte gerichtet:

Lieber Dings! Bisher hast du mich ganz gut davonkommen lassen. Ich bin zu jung für den Zweiten Weltkrieg und wahrscheinlich zu alt für die Apokalypse. Danke schonmal dafür. Ich weiß nicht, warum es andere, eindeutig Sympathischere schlechter getroffen haben als ich. Dafür gibt es sicher einen guten Grund. Ich hoffe, ich interpretiere dich richtig und es ist nicht nur eine Optimismushalluzination. Eindeutigkeit ist ja von dir nicht zu erwarten. Vielleicht ist das schon Trost genug. Sollte diese Rede irgendeinen Sinn haben, dann bist du ohnehin der Einzige, der den Durchblick hat, und dann wird alles auch darauf hinauslaufen, worauf es soll. Also vergiss, was ich gesagt habe. Amen!

Eine Kneipe mit dem prätentiösen Namen FILMKUNST-
BAR FITZCARRALDO hätte ich unter anderen Umständen
selbst dann nicht betreten, wenn sie mir gehört hätte.
Von draußen sah sie wie ein Baumhaus aus. Von innen
auch. Birkenäste und trockenes Gepflänz baumelten
von der Decke, die Wände bedeckte eine Fototapete mit
Waldpanorama. Trübes Rotlicht ließ den Gästen ihre
Anonymität, über die aus der Ecke ein gehörnter und
geflügelter Wolpertinger wachte. Man kam sich vor wie
ein angeschossenes Reh, das in einem blutigen Alptraum
durchs Unterholz strauchelte.

Auf der Suche nach einer Toilette entdeckte ich im Keller zwei sonst leere Räume mit Tausenden von DVDs.
Hier war also die *Filmkunst* zuhause. Ich stöberte ein
wenig in den Regalen herum. So schlimm, wie der eier-
köpfige Name der Bar befürchten ließ, war es gar nicht.
Ich stieß auf das Oeuvre von John Landis, eine COFFIN JOE
COLLECTION, APPALOOSA, PHASE IV und halbwegs aktuelle Filme wie LEAVE NO TRACE oder THE ZONE OF INTEREST.
Die DVDs konnte man an einem Automaten ausleihen.
Eigentlich eine nette Idee. Ich deutete meine Entdeckung
als gutes Omen für den weiteren Verlauf des Abends.

Bei einer Barkeeperin mit englischem Akzent order-
te ich einen Gin Tonic, zahlte, trank ihn gleich am Tresen
und suchte die Toilette in einer anderen Richtung. Ich
achtete auf Männer mit Tee und E-Reader, aber im hin-
teren Raum saßen nur Paare und eine Gruppe Franzosen,
die laut und hässlich waren.

In den Männerklos las ich Sprüche an den Kacheln, die nur ein sehr guter Autor erfunden und ein guter immerhin abgeschrieben hätte, um in einem Roman etwas wie Zufall oder Zeitkolorit aufzurühren – den Bodensatz der Gegenwart, der die falsche Klarheit eintrübt. Leider fotografierte ich sie nicht und habe alle vergessen.

Beim Pinkeln floss mir irgendwie das Blut aus dem Kopf und ich begann zu schwitzen. Es fühlte sich an, als würde ich nicht pinkeln, sondern Blut pullern, bis mir schwindlig wurde. Die Klosprüche zockelten wie Kamele an mir vorbei, der ich münchhausenmäßig versuchte, mich an meinem Schwanz festzuhalten. Als ich fertig war, stieß ich die Tür zur einzigen Kabine auf und hockte mich auf die Klobrille. Es wurde nicht besser. Meine Füße schwenkten hin und her, obwohl ich stillsaß. Beim Kotzen dachte ich nur an meinen Anzug und die Uhrzeit. Ich spülte ab, wusch mir das Gesicht, das so weiß und schattig war wie für Halloween geschminkt. Ein junger Cineast am Pissoir schielte hinter seiner Hornbrille zu mir rüber, als hielte er mich für den Bösewicht in einem Slasherfilm. Bestimmt wurde auch er von der fixen Idee verfolgt, dass die von ihm geliebten Stories und Fiktionen doch einmal in seinen Alltag einbrechen könnten wie ein Flugzeug durchs Eigenheimdach. Nicht obwohl, sondern genau weil das alle ausschlossen. Was unwahrscheinlich ist, ist deshalb ja nicht weniger bedrohlich. Im Gegenteil.

„Kennst du", hörte ich mich heiser fragen, „einen Mann, der Liefeld-Orlowsky heißt?"

Ich war selbst überrascht, dass ich ihn ansprach. Vielleicht wollte ich mich vergewissern, dass Liefeld-Orlowsky in derselben Welt wie ich verkehrte. Vielleicht wollte ich auch nur die peinliche Stille nach meinem Gekotze beenden.

„Ein älterer Mann, der hier gern sitzt und liest und Tee trinkt."

„Sind Sie mit dem verabredet?", fragte der Brillenträger verblüfft.

Sah ich etwa nicht so aus, als würden sich mit mir tagtäglich wichtige Leute treffen?

Ich zupfte ein paar Staubmoleküle von meinem Sakko. „Allerdings, mein Junge."

Er kniff sein Gesicht zusammen, als wäre es der Arsch eines Ballett-Tänzers.

„Der sitzt da draußen in der Ecke."

Ich warf meinem unlockeren Informanten einen prüfenden Blick zu.

„Schön."

Dann lächelte ich breitkiefrig und ließ ihn stehen.

Es war dreiundzwanzig Uhr dreiunddreißig, als ich aus der nach Magensäure riechenden Toilette trat. Schweiß sammelte sich an meinen Schläfen und lief mir über die pochende Schlagader in den Hemdkragen. Die Hitze, der Kreislauf, die Kunst. Unterm Arm trug ich seit zwei Stunden wie festgewachsen meine talmirindslederne Konferenzmappe, in der sich ein paar Kopien, Valium, zwei Tütchen billiges Speed, das nach Aspirin schmeckte, und mein Laptop befanden.

In der Ecke saß ein Gentleman zwischen fünfzig und siebzig, allein, die Hände neben einem dampfenden Teeglas gefaltet, mit der Miene eines Holzschnitts oder eines alten Indianers. Er trug einen schwarzen Wollsmoking mit Seidenspiegel über einem rubinroten Kaschmirpullover. Sein Blick folgte mir, sobald ich den Raum betreten hatte, bis vor seinen Tisch.

„Sind wir verabredet?", eröffnete er das Gespräch, ohne aufzustehen.

„Wenn Sie Herr Liefeld-Orlowsky sind."

Er schlug müde die Augen nieder.

Ich grüßte, nannte meinen Namen und setzte mich ihm gegenüber. Die Konferenzmappe legte ich offensiv zwischen uns.

„Sind Sie Kinofreund?", versuchte ich eine lockere Einleitung und deutete auf die Szenenfotos an den Wänden.

Liefeld-Orlowsky sagte mit klarer, halblauter Stimme, ohne auch nur einen Finger zu bewegen: „Ich mag Folterszenen."

Es klang ernst und aufrichtig, ich hörte keinen Unterton. Seine Gesichtszüge blieben reglos, seine Augen ruhten auf mir. Ich betrachtete ihn. Liefeld-Orlowskys volles Haar war eisgrau und seitlich gescheitelt. Kopf, Lippen, Augen, Nase, alles an ihm war schmal, wie von einem sorgfältigen, aber geizigen Gott aus faltenfreiem Edellehm geformt. Er schien höchstens mittelgroß, jungenhaft schlaksig und sprach ohne Mimik und Gesten, mit einer leichten schweizerischen Färbung. An seinem rechten Handgelenk trug er eine billige CASIO-Uhr mit

Digitalanzeige. Ich bemerkte, dass er den Countdown eingestellt hatte, der jetzt fünf Minuten und sechzehn Sekunden anzeigte. Mir kam in den Sinn, dass seine Antwort ein rhetorischer Trick sein könnte, um zu testen, wie leicht ich mich aus dem Konzept bringen ließe.

„Ich habe Ihnen eine Textprobe mitgebracht", sagte ich deshalb kaltblütig und öffnete die Mappe.

Liefeld-Orlowsky beobachtete mich.

„Einen Auszug aus dem Roman, den ich gerade geschrieben habe."

Das war gelogen, denn ich schrieb ja noch daran und wusste auch nicht, wie lang er insgesamt noch würde. Ich schob Liefeld-Orlowsky eine Klarsichtfolie über den Tisch. Unter dem Blatt hatte ich die Seite mit den Best-Of-Einzelsätzen versteckt, die er hoffentlich auch begutachten würde.

Aber er wandte den Blick nicht von mir ab.

„Es ist zu dunkel hier, um das zu lesen", sagte er.

Ich schluckte. Ich hätte Feuer gelegt, wenn es keine andere Möglichkeit gegeben hätte, Licht zu machen.

„Soll ich es Ihnen vorlesen?"

„Das können Sie gern tun."

Ich trug die ganze Seite mit verhaltener Stimme vor, um nicht auch allen anderen Gästen zu Gehör zu bringen, wie Boris krepiert war.

„War das ein Freund von Ihnen?", fragte er.

„Ja."

„Das ist sehr traurig und wirkungsvoll beschrieben", sagte Liefeld-Orlowsky.

Mein Herz machte einen Sprung. Ich war schon dabei, auf die Straße zu stürzen und britische Sauftouristen auf Cocktails ins *ADLON* einzuladen, die man mir auf meinen künftigen Ruhm hin sicher anschreiben würde.

„Danke!", erwiderte ich freudig und wartete, dass er mich beglückwünschen und seinen platinierten Füllfederhalter herüberreichen würde, damit ich unseren Vertrag unterzeichnete – eine die Kulturlandschaft Europas terraformingmäßig umpflügende Urkunde, die als *FITZCARRALDO-KONTRAKT* in die Literaturgeschichte eingehen und von der es unter anderem in künftigen Legenden heißen würde, ich hätte sie mit meinem Blut signiert.

Aber Liefeld-Orlowsky trank nur zwei Schluck Tee, nahm wieder die gleiche Haltung wie zuvor ein und schwieg mich wachsam an.

Kamille. Ich kannte den Geruch aus meiner Kindheit.

„*Ah non! Dégueu! C'est atroce!*", schrien mehrere Stimmen durch den Raum.

„Ich bin hier", haspelte ich schließlich lächelnd einen vorbereiteten Satz herunter, „weil ich mit Ihnen Strategien der Vermarktung besprechen möchte, falls Sie an einer Beteiligung an diesem Projekt interessiert sind."

„Das bin ich nicht", sagte Liefeld-Orlowsky sofort.

Meine Glückswelle ebbte vom Strand zurück und hinterließ rostige Dosen, vergammelte Gliedmaßen und eine Tonne Mikroplastik.

Ich wollte wissen, warum.

„Ich vertrete keine Literatur."

„Aber Sie sind doch Literaturagent", widersprach ich ihm.

Er verneinte. „Ich bin Talentmanager im Segment Narrative mit globaler Strahlkraft", sagte er geduldig.

Das klang wie in einer Satire. Ich verzog das Gesicht, um ihm mimisch die Absurdität zu spiegeln, die es bedeutete, meinen Roman nicht vertreten zu wollen.

Er blieb ungerührt.

„Literatur hat keine globale Strahlkraft mehr", sagte Liefeld-Orlowsky.

„Globale Strahlkraft?", wiederholte ich.

Er schaute auf seinen Countdown, als hinge davon ab, ob es sich lohnte weiter auszuholen. Dann entknotete er seine Hände, die glatt und porenlos waren wie bei einem Dummy. An der Linken trug er einen schlichten Silberring, der einer angedeutete Schlange glich, die sich in den Schwanz biss. Er spreizte die zerbrechlichen Finger, deren makellose Nägel matt im Halbdunkel glänzten, als legte er beide Hände um einen kleinen Globus.

„Die Historie ist eine Maschine, die von Geschichten angetrieben wird", sagte er. „Legenden, Fiktionen, Narrativen."

Ich nickte, um zuzugeben, dass ich dieses Modewort leider auch kannte.

„Narrative von großer Strahlkraft, die die Menschen vielleicht jahrhundertlang faszinieren, bestimmen das Weltgeschehen. Globale Erzählungen werden von zahlreichen Persönlichkeiten geprägt, entweder durch ihr Leben oder durch etwas, das sie schaffen." Er faltete die Hände wieder. „Diese Persönlichkeiten vertrete ich."

„Und trotzdem vertreten Sie keine Schriftsteller? Das sind doch Spezialisten fürs Erzählen."

„Ich vertrete Schriftsteller, falls sie Drehbücher schreiben, Spiele skripten oder künstliche Makrokosmen erschaffen, die sich multimedial verwerten lassen. Ich vertrete nur keine Literatur im engeren Sinne. Keine Bücher."

Ich tat so, als wäre ich völlig ahnungslos, warum ein heutiger Erfolgsmensch nichts mit Büchern zu tun haben wollte.

„Aber Literatur ist die Heimat der globalen Narrative", versuchte ich es noch einmal.

„Dasselbe könnte man von der Religion sagen. Trotzdem nehme ich keine Bischöfe unter Vertrag."

Zum ersten Mal lächelte Liefeld-Orlowsky. Sein Lächeln sah aus wie eine halbseitige, Augen- und Mundwinkel synchronisierende Gesichtszuckung.

„Wenn man die Zukunft mitentwickeln möchte, muss man aus den analogen Formen aussteigen. Die mediale Matrix ist längst eine andere. Druck, Papier, Romane sind Gipfelpunkte einer versinkenden Welt. Ich sage nicht, dass sie mich nicht interessiert hat, aber wir reden hier über Geschäftliches. Talente, die ich vertreten will, sind nicht in Medienformaten der Vergangenheit gefangen, sondern entweder transmedial vermarktbar oder audiovisuell konsumierbar oder als Persönlichkeit schon das Produkt. Dazu sind weniger Kunstfertigkeit und Kreativität nötig als Charisma und das, was eine Person in den globalen Narrativen einzigartig macht. Nennen wir es *mythisches Potenzial*. Eine solche Person könnte Sportler,

Diktator, Opfer eines Verbrechens oder Wissenschaftler sein. Reine Textarbeiter aber exkludiere ich."

Liefeld-Orlowsky trank gemächlich seinen Tee.

„Ein unbekannter Romanautor – selbst wenn er der größte Dichter unserer Zeit wäre – ja, vielleicht gerade dann – hat in unserer Medien- und Aufmerksamkeits-ökonomie nur eine minimale Chance auf einen mäßigen Erfolg und ist für jede vernünftige geschäftliche Erwägung damit unerheblich."

Die CASIO piepste los. Liefeld-Orlowsky schien zufrieden, genau jetzt mit seiner Erklärung am Ende zu sein. Noch während er die Uhr abstellte, erschien ein löwenmähniger Kellner in Batik-Pluderhosen, der aussah wie ein Pluder-hosenmodel, das allein zu diesem Lebenszweck geklont worden war. Er sah mich aus keksgroßen Augen an, als hätte ich ein Vogelnest mit toten Küken auf dem Kopf.

„Einen Longhetti bitte", sagte der Impresario.

Der Kellner nickte tief und schwang davon.

Liefeld-Orlowsky blickte mich mit leerem Wartezimmer-Ausdruck an.

„Ich denke, ich habe Ihre Fragen beantwortet", sagte er. „Wenn Sie mich jetzt bitte alleine lassen. Ich möchte meine Gedächtnisübung machen."

Er hatte Recht, es gab nichts hinzuzufügen. Schlapp raffte ich die Papiere zusammen und zog mich grußlos zurück.

An der Bar fragte ich, was ein Longhetti ist.

Ein Cocktail mit Bier, klarem Schnaps und Limonade, hieß es. „Wegen Mabel Longhetti", erklärte die Barkeeperin mit dem englischen Akzent. „*A WOMAN UNDER THE INFLUENCE.*"

Egal. Ich bestellte einen und schüttete ihn hinunter. Ging zur Toilette und schluckte ein Valium. Bestellte noch einen und schüttete ihn hinunter. Und als ich zum dritten Mal zur Toilette ging, um nachzutherapieren, fiel mir endlich erst am Tresen ein, dass hinten in der Ecke ja womöglich noch Irgendwas-Orlowsky saß, nach dem ich mich schon gar nicht mehr umgeschaut hatte.

Warum auch?

Wahrscheinlich repetierte er vor seinem inneren Reptilienauge eine endlose Folge seiner liebsten Folterszenen. Gedächtnisübung! Ich wünschte ihm Alzheimer ins Hirn.

Morgen, das nahm ich mir vor, würde ich ihn schon vergessen haben. Diesem klugen Vorsatz passte ich mein Trinkverhalten an.

zwanzig

Boris gehörte zu den zehn Prozent Tumorpatienten, die trotz aller palliativmedizinischen Maßnahmen noch Schmerzen hatten. Die Pflegerin, eine traurige, faltige Frau mit zwei dicken Warzen im Gesicht, erklärte mir das auf dem Flur des Saarbrücker Klinikums. Ich hatte sie zur Rede gestellt. Warum bettete man Boris in ein Nest aus Nadeln und Schläuchen, die ihn mit Opiaten abfüllen sollten, wenn er trotzdem vor Schmerz kaum sprechen konnte? Selbst das Atmen tat ihm weh.

„Wir können den Schmerz auf ein erträgliches Maß reduzieren", sagte sie nonnenhaft.

Diesen Besänftigungshumbug haute ich ihr um die Ohren. Was sollte denn das heißen, *ein erträgliches Maß*? Was man ertragen musste, das ertrug man eben, was nur hieß: Man stürzte sich nicht aus dem Fenster. Aber war es deshalb schon *erträglich*, weil jemand dalag und nicht anders konnte? Was wird nicht alles Tag für Tag in dieser Welt ertragen, was, wenn irgendetwas – unerträglich ist? Und überhaupt, was wissen wir schon von den Schmerzen eines anderen? Wenn man Not und Qual hinter Phrasen verschwinden ließ wie ein schmieriger Hütchenspieler seine Erbse, bekam ich immer besonders schlechte Laune.

Das Morphium des Klinikums schien mir minderer Qualität zu sein. Die Golfer in Weiß wussten einfach nicht, wo man den guten Stoff bekam. Sie hätten Boris besser Schampus eingeträufelt, damit kannten sie sich eher aus. Ich schlug vor, ihn privat mit Medikamenten zu versorgen, und brachte ihm probeweise ein paar Morphiumtabletten vom Schwarzmarkt mit, die aber auch nicht mehr bewirkten. Was besser funktionierte, war gewöhnliches Gras, das wir aus meinem Pfeifchen im Krankenzimmer rauchten. Niemand kam herein, niemand sagte etwas. Es gab ohnehin nur zwei Pflegekräfte für die ganze Station und die sahen nicht viel gesünder als ihre Patienten aus.

Ich musste Boris' Kopf festhalten. Er sog die Luft so stockend ein, dass aus dem Pfeifenkopf weiter Rauch aufstieg.

„Weißt du noch, wie Rufus sich früher selbst narkotisiert hat?", fragte ich.

Rufus, ein Freund von Boris, war Krankenpfleger gewesen und hatte hin und wieder von seinem Arbeitsplatz Betäubungsmittel verschwinden lassen. Damit kam er freitags zu Boris, setzte sich auf dessen kuschelige Bettcouch, die wie ein Flokati aussah, fixte sich das süße Nichts und sackte gleich darauf zusammen. Einen Tag, manchmal auch erst achtundvierzig Stunden später wurde er langsam wach, trank ein paar Gläser Wasser und lallte, sobald er wieder sprechen konnte, zum Abschied: „Danke, war 'n geiles Wochenende."

Boris nickte kaum merklich.

„Das Beste, was ihm passieren konnte", flüsterte er. Damals war er anderer Meinung gewesen, aber ich sagte nichts. Das sei Selbstmord, hatte Boris früher behauptet. Vielleicht widersprach sich das nicht mehr.

In den Palliativräumen gab es Naturholzmöbel, Kork, weniger Weiß. Man merkte dem Krankenzimmer die Bemühung an, es nicht nach Krankenzimmer aussehen zu lassen. Leider wirkte diese Tarnung nicht glaubwürdiger als ein Kettensägenkiller, der sich ein lustiges Propellerhütchen anzog.

„Warum hängt da dieser Tibet-Ramsch?"

Ich deutete auf eine leere Pinnwand, die mit grellen Gebetsfähnchen verkaspert war.

Boris schaute aus glasigen Augen hinüber, als wäre dies ein fremdes Zimmer.

„Willst du etwa wiedergeboren werden?", fragte ich.

Boris runzelte die Stirn. „Klar", hauchte er, wie wenn ihn meine Frage ärgerte.

Ich sah ihn an, in seinen Augen standen Tränen.

„Ich muss kurz pinkeln", log ich.

Sonst gab es nichts im Sterbezimmer, worüber man mehr als einen Halbsatz hätte reden können. Auf Boris' Nachttisch lag nur die Karte vom Boxclub, auch sie bunt, mit dem Schriftzug GUTE BESSERUNG! über einem boxenden Känguru. Für Palliativpatienten gab es keine Karten: GUTEN TOD! WIR WÜNSCHEN ERTRÄGLICHE SCHMERZEN. Zur Geburt, zur Hochzeit, zum Examen, aber nicht zum Tumor, zur Trennung oder zum Jobverlust gab es gute Wünsche. Man bekam sie nur, wenn man sie eigentlich nicht brauchte. Offiziell ging's immer aufwärts, Trost war ins Intime und Verschwiegene outgesourct. Ich klappte die Karte auf, innen stand nur ... WÜNSCHEN DIR inmitten von dreißig Unterschriften, alle mit demselben Kugelschreiber und verwischt von neunundzwanzig Händen.

Boris konnte sich nicht unterhalten, jeder Gesichtsmuskel schien ihn zu schmerzen. Er wollte auch nicht mehr.

Wenn er die Augen schloss, ging ich. Das war unsere stumme Übereinkunft. Bis dahin versuchte ich, die Stille zu vertreiben, die trotzdem immer lauter war als mein Gerede. Es war nicht leicht, ein Thema zu finden. Über etwas zu sprechen, was in der Zukunft lag, wäre taktlos gewesen. Geschichten aus unserer Vergangenheit hätten ihn traurig gemacht. Und die Gegenwart, das Jetzt und Hier im Sterbebett, wollte ich erst recht vermeiden. Meist brabbelte ich, wie ein Greis auf der Parkbank, von meinen Alltagssorgen vor mich hin. Lästerte über den Nachbarn, den Chef, den Staat, die Jugend. Erzählte von gemeinsamen Bekannten, nur übertrieben Negatives, um Boris klarzumachen, dass er nichts versäumte.

Wenn er blinzelte, hörte er zu. Wenn der Blick starr wurde, nicht mehr. Boris' ganze Lebenskraft war in seine Lider geflohen. Ein paar Mal fürchtete ich, er sei während meiner Faselei gestorben.

„Mein Nachbar Günter hat am Wochenende auf dem Hausflur übernachtet. Das ganze Treppenhaus stinkt jetzt nach Pisse."

Niemand sollte während solcher Sätze sterben.

Am schwierigsten waren die Abschiede. Man wusste ja nie, ob man sich wiedersah. Alle gefälligen Floskeln, die einen Abschied mit dem nächsten Wiedersehen verknüpften, fielen weg: *Halt die Ohren steif! Ich ruf dich an! Bis bald!* Ich glaube, dass der Ursprung solcher Phrasen wirklich Todesangst ist. Wer sich von Freunden verabschiedet, spielt den Abschied herunter, versucht zu leugnen, dass man einen Zeitraum überbrücken muss, in dem alles Mögliche und Unwahrscheinliche passieren kann. Mit rituellen Formeln und Gesten beschwört man die Gemeinschaft in der Ungewissheit und umarmt sich – klein und warm in der schrecklich offenen Nacht über und unter und neben und zwischen und in uns. (So vieles, was wir tun, ist unbemerkte Religion.)

Das galt für Boris und mich umso mehr. Hier schwang nicht nur unbewusste Angst mit, nein, der Tod stand grinsend und im Sonntagsstaat daneben. Er lungerte auf dem Bett, er unterbrach unser unmögliches Gespräch und rülpste in das Schweigen. Das Sterbezimmer roch nach seinen Fürzen. Und er lachte alle Sätze weg, die man tagtäglich so benutzte. Wettersätze, Höflichkeiten, Unbestimmtes. Wenn jemand stirbt, fällt das Palaver zusammen, mit dem wir unsre Leben ausstopfen, wie brennende Holzwolle. Der Tod ist ein Tyrannosaurus Rex, der brüllend durch dein Dorf stampft: Termine und To-Dos, Träume, Rechnungen und Rausch und eigentlich auch alles andere wiegt plötzlich nichts, wird dünn wie ein Schatten und jeder Satz darüber leer und lachhaft. Die Dinge verlieren nicht nur ihre Zukunft, sondern ihre Gegenwart und sogar ihre Vergangenheit: Man fragt sich, wie man so viel Zeit mit so viel Nichts verbringen konnte. Was übrig bleibt, versteht sich wortlos und von selbst. Liebe, Freundschaft, Schmerz, die Nacht, das All – sie passen nicht in Sätze. Als wäre die Welt ein Eispalast des Schweigens, den man zitternd, jeder für sich durchschreitet, machtlos, sprachlos wie ein Tier. Der Tod korrigiert unseren Hirntext wie ein wütender Lektor, streicht Seite um Seite aus den schlechten Ich-Romanen und lässt nur wenige sehr klare Sätze stehen.

„Ich bin froh, dass wir befreundet sind", sagte ich beim Abschied zu Boris. Dabei beließ ich es.

Wenn ich aus der Klinik kam, ging ich ins Gasthaus gegenüber, das einen dümmlichen bayerischen Namen hatte und auch so eingerichtet war, aß ein Schnitzel, trank fünf Pils und zahlte für alles zwanzig Euro. Vor dem ersten und nach dem zweiten Bier schluckte ich je fünfzehn Milligramm *DIAZEPAM*. Mit verantwortungsvoller Miene, wie ein gewissenhafter Lazarettarzt, teilte ich eine 10-mg-Tablette und platzierte die zwei Dosen neben meinem Glas. So ging es. Nur so. Eine Stunde später war ich gelassen wie ein Folterknecht. Ich hätte fast die deutschen Schlager, die hier immer liefen, mitgesummt. Und wenn ich durch das schmutzige Dunkel der Stadt nach Hause schwebte, war ich so soft und süß und blutleer, ein menschliches Marshmallow, dass mir meine kahle Wohnung selbst dann gemütlich vorgekommen wäre, wenn eine Gang Reptiloide sich dort ausgebreitet und rohes Menschenfleisch verschlungen hätte.

Am vierundzwanzigsten Zwölften blieb ich den ganzen Abend bei Boris. Wir sprachen fast nichts. Er schlief immer wieder ein und wachte stöhnend immer wieder auf. Ich hatte mir einen Roman von Louis-Ferdinand Céline mitgebracht, dessen Mischung aus Hass und Humor – nur auf den ersten Blick keine Weihnachtslektüre – mich tröstete. Auf den Holztisch unter der Pinnwand hatte jemand einen Adventkranz gelegt, der pietätvollerweise nur eine Kerze hatte, eine elektrische Kerze in der Mitte. Ich versuchte sie einzuschalten, aber natürlich funktionierte sie nicht. Vielleicht hatte man die kaputten Kränze alle auf die Palliativstation entsorgt.

Ich saß bei halb gelöschtem Licht vor meinem aufgeschlagenen Céline und überlegte, wer mich besuchen käme, wenn ich im Krankenhaus läge. Jetzt, wo Boris starb. Draußen hörte ich keine Stimmen, keine Gummisohlen auf dem Korridor, nicht einmal eine Tür. Nur wenige Male surrte der Aufzug gut geölt in seinem Schacht.

Ich rief mir jenen superben Abend ins Bewusstsein, zu dem Boris alle Freunde in seine erste Mehrzimmerwohnung eingeladen hatte. Er kredenzte irgendein selbstgekochtes russisches Ragout. Dazu gab es exquisiteste Brände und Substanzen. Boris, der ein frommer Metalfan war – er nannte diese Musikrichtung *den Blues des weißen Mannes* – lief im MEGADETH-Shirt herum, schenkte jedem nach und drehte die Anlage bei pyrotechnischen Gitarrensoli noch lauter. Seither finde ich alle Partys öde, deren Gäste und Stimmung metalfrigide sind. Der irritierte Blick vor apokalyptischer Ästhetik zeigt mir überall: Hier bin ich falsch. Was diese Party unvergesslich machte, war allerdings nicht die Musik. Es war gerade der Moment, als Boris eine andere CD einlegte und seine rothaarige Nachbarin, mit der ich mich anregend unterhalten wollte, ihn kauend fragte, was genau in diesem Eintopf sei.

Mit einem warmherzigen Grinsen sagte Boris: „Katzenfutter. Ich hab nur die Soße gemacht.‟

In die verblüffte Stille lachte jemand, dann lachten alle mit, auch Boris. Wir kicherten und wieherten, bis uns die Tränen kamen, wir konnten uns kaum auf den Stühlen halten. Vom Katzenfutter blieb nichts übrig.

Ich überlegte, warum mir gerade das jetzt einfiel…

Boris' Atem rasselte. Erst dachte ich, das sei ein Zeichen dafür, dass er schliefe. Dann bemerkte ich, dass seine Augen im Halbdunkel glänzten, und setzte mich zurück ans Bett. Er döste wieder ein und ich begann zu lesen. Mehrmals schaute ich noch über meinem Buch in die vom Kissen schimmernden Augenschlitze, ohne zu wissen, ob sich unsere Blicke trafen. Immer lächelte er schwach, wie jemand, dessen ganze Körperkraft von einem Lächeln aufgezehrt wird. Ein wehes, aber aufrichtiges Lächeln – für mich oder für niemand, das konnte ich nicht sagen. Ich denke oft daran. Soweit ich dieses Wort verstehe, bin ich nie näher an das gekommen, was man *Nächstenliebe* nennt.

Boris' Tod dauerte über einen Monat, sechs Wochen sogar. Ich besuchte ihn erst drei, dann zwei Mal pro Woche, nur ganz am Schluss nicht mehr. Ich schaffte es nicht. Bei meinem letzten Besuch kam ich bis vor die Zimmertür. Ich stand auf dem Gang und sah aus dem Fenster und schämte mich. Aber ich schaffte es nicht.

Acht Tage später – es war Dienstag – fuhr ich trotzdem wieder hin. Ich parkte und blieb sitzen, hörte Radio, trank Wodka. Als ich mich weniger zittrig fühlte, stieg ich aus. Ich ging schnell und unsicher über den Korridor. Der Krankenpfleger hielt mich an.

Boris war am Sonntag gestorben.

Ich hatte gedacht, ich wäre darauf vorbereitet und gewappnet. Aber die Nachricht machte mich fertig. Es war, als wäre er gesund gewesen und plötzlich überfahren worden. Dabei hatte ich seit einem Jahr gewusst, wie es stand. Mein Wissen schien mein Inneres nicht stärker zu beeinflussen als das Wetter oder meine Schuhe. Es war wie Pappe gegen Glut. Ich lief nach draußen, ins Auto und schloss mich ein. Die Uhr zeigte 17:29.

Um sieben rief ich mir ein Taxi.

Den Rest der Woche war ich krank.

Boris hatte eine Theorie zur Ursache seines Todes gehabt. Auch seine Schwester und sein Vater waren an wuchernden Tumoren gestorben. Boris hatte mit zweiundvierzig die Diagnose erhalten: *anaplastisches Schilddrüsenkarzinom*. Damit lebte er zwei Jahre. In dieser Zeit hatte er, solange er noch sprechen konnte, darauf beharrt, die in unserem Verwandten- und Bekanntenkreis notorischen Krebsfälle seien durch CATTENOM verursacht, eins der größten französischen Atomkraftwerke. CATTENOM, das im Saarland immer wieder Anlass für Unmut und Gerede war, lag zehn Kilometer vor der Grenze. In dreißig Jahren hatte man dort mehr als achthundert Störfälle gezählt.

Tatsächlich konnte Boris mir eine Karte im DEUTSCHEN KREBSATLAS zeigen, auf der das Saarland röter war als irgendeine andere Region der Republik. Kein Bundesland sonst erreichte die höchste Inzidenzstufe.

Das Saarland war und ist Deutschlands Tumorparadies, ein Schlaraffenland für Karzinome.

„Warum sie haben Jodtabletten an saarländische Landkreise verteilt? Warum die Evakuierungszone um Cattenom auf doppelten Radius erweitert? Sag du mir!"

Ich verstand seinen Zorn. Aber ich glaubte nicht daran. Sobald mich jemand überzeugen wollte, schaltete etwas in meinem Hirn sich automatisch ab.

Ich wollte nicht die Wahrheit kennen.

Und warum auch? Ob im Saarland oder in Stockholm, im Sudan oder in Singapur – wir sitzen alle in sinkenden Booten, jeder in seinem eigenen.

einund
zwanzig

„Der heutige Buchmarkt ist eine Blase. Er beruht auf der bürgerlichen Lebenslüge, dass Lesen schön und wichtig wäre. Sehen Sie sich Hobbyrezensenten in sozialen Netzwerken an, diese Selbstinszenierung als Leser. Glauben Sie, das hätte irgendeinen symbolischen Wert, wenn Lesen nicht rar und schwierig wäre? Tatsache ist, dass wir seit fünfzig Jahren lieber fernsehen, spielen, reisen, streamen, shoppen. Unsere Freizeit verbringen wir im Internet. Niemand hat Zeit für Romane übrig. Bücher werden noch gekauft, aber kaum mehr gelesen. Aus ökonomischer Sicht spielt ohnehin nur die Zahlung, nicht Nutzen oder Wirkung eine Rolle. Man kauft sie als Geschenke, als Dekoration oder Statussymbol. Bücherkäufer konsumieren das luxuriöse Gefühl, Menschen mit freier Zeit zu sein. Sie täuschen sich vor, einen Gebrauchswert zu erwerben, wie manche Sportgeräte kaufen, nur um ihr Gewissen zu beruhigen. Für Überflüssiges wird der Wohnraum aber bald zu teuer sein. Vielleser sind heute alte Menschen mit Katzen und Ekzemen. Das Ende der analogen Medien ist da. Eine Ära hat begonnen, in der es kein Papier und keine stundenlangen Lesesitzungen mehr geben wird, auch keine sogenannte Bildung, keinen Kanon übrigens – totale Sinnlichkeit und Künstlichkeit stattdessen. Alles Abstrakte, Zahl und Schrift, verschwindet scheinbar aus dem Alltag, um in Wahrheit absolut zu herrschen, als Formel, als Textur, als Code – nur nicht als Ware für das Publikum. Abstraktion, das weite immaterielle Reich, das Welt und Geist verwaltet, ist nur einer schmäler werdenden Elite zugänglich.

Es gibt kein Publikum mehr für Gedanken. Die bürgerliche Sphäre, wo Wahrheit und Konsum sich angeblich überschnitten, Kunstgenuss und Ideal, leert sich wie ein Opernhaus. Bald wird es Künstliche Intelligenzen geben, die lesen und Romane schreiben können. Eleganter Anzug übrigens. Was ist das? Valentino?"

„Nein, Lagerfeld."

„Na, sieh mal an."

Liefeld-Orlowsky rieb prüfend den Stoff meines Sakkos.

„Ich will Ihnen nicht widersprechen, Sie sind der Experte."

„Aber?"

„Ich möchte Sie darauf hinweisen, dass ich in einem Künstlerhaus Stipendiat bin und übrigens Christian Krachts Zimmer bewohne."

„Selbst wenn Sie Christian Krachts Haut bewohnen würden, wären Sie für mich nicht interessant." –

Zum Glück erwachte ich vom Brechreiz, schaffte es aber nicht ins Badezimmer, weil ich nicht mehr wusste, wo das lag. Als ich fertig war, brannte mir der Hals. Es war fünf Uhr morgens. Das ganze Zimmer roch nach Mageninhalt. Kotze schien eine Art Wappentier von mir zu werden. Ich duschte eine halbe Stunde, putzte mir genauso lang die Zähne und verließ im Zwielicht das Hotel.

Die wenigen Passanten sahen aus wie ich. Keine Werbung für die Menschheit. Im Zug legte ich mich lang. Es war mir schon egal, ob ich mein Ziel verschlief. Der Schaffner weckte mich grob, wohl weil er glaubte, dass er

als Werktätiger das Recht dazu hätte, Gammler zu maß-
regeln. In Deutschland ist man nie auf der falschen Seite,
wenn man arbeitet und darauf stolz ist, ganz gleich, worin
die Arbeit eigentlich besteht. Das macht dieses Land so
simpel und so hässlich.

Aufrecht in meinem Künstlerbett, mit Blick auf
konische Bäumchen, wollte ich Liefeld-Orlowskys
Äußerungen in meinem Notizbuch protokollieren.
Sein futuristisches Marketingkonzept und Gefasel von
globalen Narrativen. Hatte er wirklich gesagt, dass er
Folterszenen mochte? *Strahlkraft* und *Geschäft* waren
Begriffe, die er benutzt hatte. An mehr erinnerte ich
mich nicht. Was nach dem Gespräch geschehen und
wie ich ins Hotel zurückgekommen war, wusste ich
glücklicherweise auch nicht mehr.

Der Oktober ging zu Ende, damit mein Aufenthalt im
Künstlerhaus und damit auch mein Künstlerleben. Ich
fügte dem halbfertigen Roman noch drei Kapitel an, zwei
spielten in Berlin, eins war ein Rückblick. Mein Eifer war
sehr abgekühlt, mein Ziel zitterte nur blass am Horizont
wie eine Luftspiegelung. Ich fühlte mich wie ein stei-
fer Penis, dessen Besitzer die Steuererklärung macht: Es
wurde immer schwieriger, daran zu glauben, dass ich
wichtig, lustig und sinnvoll war.

Von den elf Agenturen, bei denen ich für mein Romanprojekt geworben hatte, antwortete mir eine, während
neun andere die Frist verstreichen ließen, innerhalb
deren sie sich bei Interesse hätten melden wollen:

Sehr geehrter Herr Decker,
vielen Dank für Ihre Einsendung. Wir haben Ihren Roman
WIE ICH UNSTERBLICH WURDE gern geprüft, müssen Ihnen
aber leider sagen, dass wir aus verschiedenen Gründen keine
Möglichkeit sehen, ihn durch unsere Agentur vertreten zu las-
sen, weil wir uns kein Interesse von Verlagsseite ausrechnen.
Wir wünschen Ihnen viel Erfolg bei Ihrer Suche!

In einem vorerst letzten dichterischen Akt änderte ich
meinen Titel in: *HOMOMUTATUS* – ein anderes Wort für
Kondensstreifen ...

Meine Morgenroutine – Hegel, Liegestütze, FAZ – gab
ich auf, schlief in der letzten Woche bis zum Mittag,
schaute Horrorfilme, zu denen ich *STEELY DAN* hörte, las
Werbe-E-Mails, nahm zwei Eilsendungen von *WODKA-KOS-*
MOS im Büro entgegen und probierte unbekannte Tasten auf
dem Kaffeeautomaten aus: *RISTRETTO, CAFFÈ BARISTA, LUNGO*
MACCHIATO. Tags wurde ich nicht wach, nachts schlief ich
nicht, ich konnte mich auch nicht entscheiden, ob ich gerade müde oder wach sein wollte, nahm zum Zähneputzen
Cortison und Valium und ließ mich überraschen, ob ich
danach aufstand oder schlafen ging. Meinen Abfahrtstermin

SONNTAG, 30. OKTOBER
9:46 UHR

hatte ich groß auf einen Zettel notiert, der auf dem Bei-
stelltischchen klebte. Trotzdem fürchtete ich, den Zug

zu verpassen, weil ich mir nicht merken konnte, welches Datum gerade war. Ich schrieb also täglich das aktuelle Datum auf einen zweiten Zettel, den ich daneben klebte und natürlich zu aktualisieren vergaß.

An gemeinsamen Mahlzeiten nahm ich kaum noch teil. Lydia war vorzeitig abgereist, aus Angst, hieß es, vor einem Stalker, den nur sie jemals gesehen hätte. Aslan probte gerade seine dritte Sinfonie in irgendeinem funkelnden Konzertsaal. Franz, Monique, Mirzali waren in ihre trübseligen Privatleben zurückgekehrt, wann und wie, war mir so gleichgültig wie ihre kleinen Abschiedsumtrünke, zu denen ich nie aufgestanden war.

„Mirzali liest heute aus seiner Übersetzung vor", warb Karo bei unserer letzten Begegnung für ihn.

„Auf Usbekisch?"

„Klar."

Ich entgegnete, ich könnte mich unmöglich für jede ferne Ethnie, soziale Minderheit und sexuelle Identität interessieren.

„Dafür bin ich nicht unsterblich genug."

Bei unserem letzten Mittagessen erkundigte sich Regina, wie es mit meinem Roman vorangegangen sei. Ich erwiderte, das würde inzwischen keine Rolle mehr spielen.

„Wieso? Willste ihn denn nicht veröffentlichen?"

„Ich schon, aber sonst keiner."

Wir sprachen kurz über Verlage und Agenturen wie zwei U-Boot-Offiziere, die tapfer den Ausfall der Antriebsmotoren konstatieren. Sie selbst allerdings

wurde von der ehrwürdigen Literaturagentur *HERZOG &*
HERZOG vertreten, dem Real Madrid unter den Textmak-
ler-Teams. Der ostdeutsche Präsident des PEN-Clubs, den
sie noch aus DDR-Zeiten gut kannte, hätte sie empfohlen.
(Das ist natürlich immer hilfreich, einen PEN-Präsiden-
ten zu kennen, das merke ich mir, falls demnächst ein
Saarländer PEN-Präsident wird, den ich noch aus der
Palliativstation oder dem Pornokino kenne.)

Apropos, woher der Name *BRINUS VOM SCHROCK*
eigentlich käme, wollte Regina wissen.

Ich erklärte ihr, dass Brinus meine Abkürzung von
Gambrinus sei, also den Bier-Gott oder Schutzpatron der
Braukunst bezeichne.

„Und Schrock verbindet Schreck, Schock und Bock.
Damit steht der Name für alles Materielle, den Rausch,
den Reiz, die Geilheit, auch das Hässliche und Plötzliche, den panischen Mittag, Hitze, Höhe, Steigerung, das
Animalische, den Grusel und die Albernheit – alles, was
unsere Kultur in diesem Erdteil eben ausmacht."

Regina Scheer überlegte. „Den Kapitalismus, meinste?"
„Auch."

Sie erzählte mir, dass sie in vierzig Jahren Leben in der
DDR fast nie über Geld gesprochen hätte.

„Geld war gar kein Thema für uns. Hatten ja alle ungefähr gleich viel, die man so kannte."

Das wendete sich dann gehörig.

„Ihr aus dem Osten," resümierte ich, „habt ein anderes
Verhältnis zu eurer Herkunft, ist mir aufgefallen. Ihr habt
noch richtige Heimatgefühle."

„Ditt liegt wohl daran, dass wir unsere Heimat verloren haben", sagte Regina ernst.

„Es liegt eher daran", sagte ich, „dass ihr überhaupt eine hattet."

An meinem letzten Abend, es war Samstag, der dreißigste Oktober, blieb ich nüchtern und tat nichts. Ich hatte gepackt. Mein Anzug lag in seiner schwarzen Hülle über dem Rollkoffer. Statt buntem Hemd trug ich das *MEGADETH*-Shirt, das ich in Berlin zu Boris' Todestag (der sich in zehn Wochen erst jähren würde) gekauft hatte: *COUNTDOWN TO EXTINCTION* stand darauf.

Aus dem Lesezimmer nebenan hatte ich ein Buch gestohlen für die Fahrt, einen Roman von Lamont Trellis, einem Autor, von dem ich nur wusste, dass er als wahnsinnig galt. Genau darauf hatte ich jetzt Lust. Wahnsinnige sind ja wie Unfallopfer ein tröstlich makabrer Anblick für jeden, der es nur ein bisschen besser hat. Der erste Satz lautete: *Er hatte Stychus mit sich selbst gefüttert, bis nur noch die Hälfte von ihm übrig war.*

Wow. Nach vier Seiten war mir schon speiübel. Ich nahm im Speiseraum eine Dose *COKE* aus dem Kühlschrank, legte sie mir in den Nacken und stapfte auf die Terrasse, um eine *MONTECRISTO* zu rauchen. Auch Zigarren waren ja Heilkräuter.

Im Park hörte ich nachts manchmal Rehe. Ich kannte ihre tiefen, rauen Laute, die gar nicht wirkten wie die Tiere, die sie hervorbrachten. Heute aber hörte ich nur entferntes Geraschel, von einem Marder oder Fuchs möglicherweise, der zwischen welken Blättern lief.

Ich schlenderte auf der Terrasse auf und ab, ließ die kleine Glut knistern und blies den helleren Rauch in die Dunkelheit. Da sah ich Licht in der Kapelle. Es schimmerte von oben ins linke Fenster, unstet, schwach. Opferkerzen, dachte ich. Keine Sache, der ich sonst nachgeforscht hätte. Aber ich war nüchtern und würde ohnehin nicht schlafen können. Vor meiner Abreise war ich vielleicht auch empfänglicher, in einem unentschiedenen Wartezustand – egal, ich überquerte den dunstigen Rasen und prüfte die Kapellentür. Sie ließ sich öffnen. Lautlos trat ich ein.

Wirklich war das Innere von flackernden Kerzen erleuchtet, allerdings nur die obere Raumhälfte, wo der Schein von einer Holzempore kam. Ich fühlte mich im Dunkel bis zur Treppe vor und stieg langsam, ohne zu wissen, warum, die wenig solide wirkenden Stufen hinauf.

Oben entfuhr mir vor Schreck ein Laut, vor dem ich fast selbst wieder erschrak. Ich biss die Zähne zusammen und ballte die Fäuste. Eine Gestalt lag auf dem Holzboden. Ich tat einen Schritt darauf zu. Sie war in Säcke gehüllt und rührte sich nicht. Vielleicht zehn Kerzen flackerten im Halbkreis um die Schlafstatt. – Er war es: der Mann, den ich im Park und im Salon gesehen hatte. An seiner wuchtigen Gestalt und dem schmutzig-stoppeligen Schädel erkannte ich ihn. Ich wartete eine Minute ab, ging näher heran und beugte mich langsam über seinen

Kopf. Aber sein Gesicht lag zum Boden hin. Ich stellte fest, dass eine Narbe quer über den Schädel lief. Er atmete ruhig und regelmäßig.

Ich sah mich um. An der Treppe standen eine leere Flasche Rotwein und ein benutztes Weinglas, beides offensichtlich aus dem Speiseraum des Künstlerhauses. Zur anderen Seite des Kopfes, den er auf einen Stapel Zeitungen gebettet hatte, häuften sich bunte und silbern reflektierende Verpackungen von Snacks und Schokoriegeln, ein ameisenhügelgroßer Müllberg, den er wie einen Schatz zu hüten schien. An den Wänden waren, soweit ich es erkennen konnte, Kleidungsstücke verschiedener Größe säuberlich aufgereiht, immer nebeneinander, nie gestapelt, als ob auch eine Mütze ihre Fläche ganz allein wert sei. Ein metallen funkelndes Kruzifix lag, auf der Seite, an die nächste Wand gelehnt. Davor stand ein nervöses Grablicht. So schlief der Unbekannte im Kreis seiner Habseligkeiten und im Schein einiger Kerzen, die tatsächlich Opferkerzen waren, weiß und gleich, in wohlbedachtem Abstand aufgestellt. Ich blieb eine ganze Weile dort und hörte seinem Atmen zu, das friedlich klang, wie das eines schweren Tieres, das nicht träumt.

Dann schlich ich in den Speiseraum. Alles, was hier für Zwischenmahlzeiten kühlstand, Käseteller, Würste, Brot, Obst, übrige Desserts, häufte ich zwei Mal auf ein Tablett und balancierte es zur Empore hinauf. Behutsam stellte ich alles ab, in einem Halbkreis um den Kopf des Fremden, suchte in meiner Jacke nach Geld und klemmte noch zwei Zwanzig-Euro-Scheine unter einen Joghurt.

Als ich, vor Kälte zitternd, im Bett lag, versuchte ich, an etwas Albernes zu denken, weil ich spürte, dass ich weinen müsste.

Es funktionierte nicht. Ich war zu nüchtern.

zweiund
zwanzig

Mein Handy weckte mich nicht.

Ich hatte kaum geschlafen und lag längst wach. Das Licht, das neben den Vorhängen hereinfiel, sah nach Wolken, Winter, Nebel aus. Diesiges Kleisterweiß, wie Schlieren auf der Linse. Ich duschte, packte meine letzten Sachen ein und schlurrte in den Speiseraum hinunter. Außer der dauergewellten Dame, die morgens das Frühstück auftrug, war niemand hier.

Ob ich wüsste, wo das Essen aus dem Kühlschrank abgeblieben sei.

„Jemand wird's gegessen haben", erwiderte ich schroff.

Da hatte aber wer ordentlich Hunger, wa?

„Tja. Essen wird gegessen."

Damit endete die Unterhaltung. Ich konnte zu Spießern nicht freundlich sein. Kleinlichkeit war dumm und böse: Eifrig-ängstlich seine sieben Lebenssachen auf ein Häufchen sammeln, während einem alle Welt sonst scheißegal war, das war kein Tic, sondern eine Sünde. Gott würde, wenn er auch nur halbwegs seriös war, am Jüngsten Tag die Spießer in Ewigkeit dazu verdonnern, das Universum aufzuräumen. Viel Spaß dabei!

Ich aß ein Müsli mit Früchten und trank nur einen Kaffee. Ich überlegte, zwei Koffeintabletten zu nehmen, weil ich so schlapp war, ließ es aber. Ich wollte im Zug zu schlafen versuchen, entspannt nach Hause kommen und meinen Substanzenkonsum einmal zum Gegenstand nüchterner Überlegungen machen. Ich fühlte mich schwach, aber nicht schlecht, eher angenehm erschöpft. Als wäre ich freiwillig aus mir ausgezogen, aus ein paar

Zimmern jedenfalls. Oder wie jemand, der sein vor langem ausgebranntes Haus besucht, das ihm nicht mehr gehört und das er nicht mehr braucht. Ein Fünftel Wehmut, vier Fünftel Erleichterung.

Um neun Uhr neunundvierzig kam mein Rufbus und brachte mich rechtzeitig zum Bahnhof in Wisborg, ohne dass mir schlecht und schwindlig wurde. Die Fahrerin, knochig, rothaarig, schweigsam, sah ich zum ersten Mal. Ich rollte mein Gepäck zum Gleis und setzte mich. Den Anzug legte ich über den Koffer. Drei dicke Männer in Lederjacken standen in der Nähe und redeten Russisch oder Polnisch. Sie lachten. Sonst war es still. Mein Zug wurde als pünktlich angezeigt. Noch eine knappe halbe Stunde.

Ich schlug mein gestohlenes Buch auf und las weiter:

„Aber was an dieser Geschichte ist wahr?"

„Was für eine idiotische Frage! Im Kampf Geschichte gegen Wirklichkeit siegt immer die Geschichte."

„Ich würde meinen, das Wirkliche herrscht vor, das Leben. Sonst gäbe es keine Geschichten."

„Das ist ein Irrtum. Außer dem Erzähler lebt nur der, von dem erzählt wird. Die Welt außerhalb einer erzählten Welt ist Finsternis und Vakuum. Leben gibt es nur in der Fiktion."

„Aber Sterben gibt es auch in Wirklichkeit."

„Sie sind ein Materialist! Ob jemand, von dem man erzählt, wirklich gelebt hat oder nicht, macht keinen Unterschied. Aber jemand, der lebt, ohne dass man je von ihm erzählt, ist wie lebendig begraben. Die Wahrheit ist nur eine Erzählung vieler,

nichts sonst. Das Erzählen überwölbt alles – Ich und Welt und alle Brüche – wie ein letzter Grund. Es ist der einzig transzendente Kosmos. Nur als Erzählte sind wir unsterblich."

Dieses pseudophilosophische Geschwurbel war schwer auszuhalten. Seufzend schlug ich den Roman zu und sah mich nach einer Zeitung um. Der Kiosk war geschlossen. Eine Stadt war vom Bahnhof aus nicht zu erkennen. Wisborg schien eine lockere Ansammlung von günstigen Immobilien, Brachflächen und Gesträuch zu sein. Außerdem war Sonntag.

Ich rollte meinen Koffer bis ans Ende des mit Brettern vernagelten Bahnhofsgebäudes und erschreckte ohne böse Absicht eine Ratte, die im Gleisbett verschwand. Als ich eine Tür mit der Aufschrift WC sah, entschied ich aus Langeweile, pinkeln zu gehen.

Die Tür schleifte am Boden. Dahinter war es frostig und dunkel. Ich fand kein Licht. Stur bugsierte ich mein Gepäck zu einer immerhin offenen zweiten Tür, hinter der sich der beruhigende Anblick von Toilette und Waschbecken in kaltweißem Licht bot. Es roch feucht, ohne zu stinken. Ich legte wieder die Anzughülle ab, stellte mich vor die Schüssel, klappte die Brille hoch und pinkelte.

Ich dachte kurz an meine Mutter.

Beim Händewaschen betrachtete ich mich im Spiegel: Ich sah den Schweiß auf meiner Stirn, bevor ich ihn spürte. Meine Hand, mit der ich darüberwischte, fühlte ich kaum. Erst als mir das bewusst war, wurde mir übel. Ich atmete laut, wie um mich selbst zu kontrollieren.

Dann ging es schnell. Der Schwindel fiel mich an, als hätte ein böser Geist plötzlich begonnen, die Dimensionen, in denen ich hing, wild hin- und herzuschaukeln. Spiegel, Becken, Fliesen drehten sich um verschiedene Punkte zugleich. Ich versuchte, irgendwas in diesem Kaleidoskop zu greifen – nur zu berühren, doch es gab scheinbar nichts Festes mehr. Ein splittriges Geräusch traf meinen Kopf – es klang bedrohlich und brannte bis zum Mund – aber nicht sehr, dachte ich noch, zuletzt sogar erleichtert...

Als ich die Augen öffne, flackert das Licht. Ich stehe vorsichtig auf und schaue an mir hinab. Kein Blut, kein Schmutz, alles okay. Ich nehme den Anzug, finde die Tür und wandle durch den finsteren Gang auf einen Lichtschlitz am Boden zu. Die Tür ist offen.

Eine schnelle Kälte legt mir Hände aufs Gesicht. Ich gehe Schritt für Schritt, es fällt nicht schwer. Auf dem Parkplatz hat sich zäher Nebel ausgebreitet, so dass ich gar nicht weiß, worauf ich zugehe. Ich behalte eine Minute meine Richtung bei, ohne Gebäude zu erkennen, Menschen oder Autos, dann komme ich auf eine Wiese, wo drei welke Bäume aus dem Nebel ragen. Das Gras ist niedrig, aber nicht gemäht. Ich lausche auf Motoren oder Krähen, es bleibt still. Erst während ich die Wiese überquere, bellt weit entfernt ein Hund – so leise und doch deutlich, dass mein Gehör mich überrascht. Immerhin, denke ich, ich bin nicht auf dem Mars.

Endlich kommt eine Zeile rotbrauner Häuser in Sicht, Ziegelmauern mit runden Scheunentoren und ein

schwarzlackierter Zaun. Eine gerade Straße aus über-
wachsenem Kopfsteinpflaster verschwindet im Dunst.
Vor einer Scheune ist ein weißes Holzboot aufgebockt.
Davor bleibe ich stehen, rufe ein paar Mal „Hallo", ohne
Wirkung. Auf einer Planke erkenne ich einen verwitter-
ten Schriftzug, nur noch ein paar Lettern sind lesbar. Sie
ergäben, ohne Zwischenräume, das Wort *GAUDI*.

Jetzt fällt mir mein Zug ein. Ich erschrecke – wie spät
ist es? – und beruhige mich sofort – egal, er ist längst
abgefahren. Ich werde den nächsten nehmen. Oder
irgendeinen. Ich krame nach meinen Zigarren, finge-
re die letzte halbe aus der Schachtel und klemme sie mir
zwischen die fühllosen Lippen. Diese scheinbar kleinen
Rituale – ohne wäre das Leben nicht auszuhalten. Mit
ihnen gäbe es selbst auf dem Weg zur Hölle etwas, was
freundlich und problemlos ist.

Zwischen zwei Scheunen öffnet sich ein Wiesenweg.
Den schlage ich ein, mit einer Hand nach meinem Feuerzeug tastend. In der Nähe plätschert leise ein Gewässer,
ich folge dem Geräusch, bis ich an einem seichten Flüss-
lein stehe, dessen ferneres Ufer im Nebel verläuft. Dort
erhebt sich eine roströtliche Arkade aus dem Dunst, wie
von einer halbverfallenen Fabrik, die ich schon irgendwo
einmal gesehen habe. Wenige Schritte neben mir entde-
cke ich eine schwarze Mülltonne.

Ich zünde endlich meine *MONTECRISTO* an und fülle
die Lunge mit dem erdigen Aroma. In meiner Hemdtasche klickert es leise. Eine Münze und die Sonnenbrille.
Gut gelaunt vom Rauchen und der friedlichen Stimmung,

ziehe ich sie an. Jetzt sehe ich zwar außer einem Rotstich gar nichts mehr, aber hier gibt es ja auch nichts zu sehen.

An meinem linken Arm hängt immer noch mein Anzug in der Hülle. Das stört. Ich gehe die drei Schritte zur Mülltonne und stopfe ihn hinein.

Ich brauche ihn nicht mehr.

danke

Diesem Roman sind dreißig Jahre tägliches Schreiben und Aberhunderte Absagen vorausgegangen. Jede von ihnen hat mich in den Eigenschaften bestärkt, die für einen Künstler die wichtigsten sind: Zweifel, Ausdauer und Unabhängigkeit.

All denen, die mich vor Selbst- und Fremdgefälligkeit bewahrt haben und weiterhin bewahren, möchte ich an dieser Stelle danken.

Außerdem danke ich dem Ministerium für Bildung und Kultur des Saarlandes, das mir 2021 einen zweimonatigen Studienaufenthalt im Künstlerhaus Schloss Wiepersdorf bewilligt hat, sowie dem dortigen Team für die reibungslose Organisation, ohne die dieser Roman nicht während meines Aufenthalts hätte geschrieben werden können.

Schließlich und vor allem danke ich den vier Personen, die diesen Text für publizierenswert gehalten und ihn mit großem Einsatz in ein seither oft gelobtes Buch verwandelt haben, namentlich Monika Hofko von der Literaturagentur Scripta in München, Ramona Hoidn-Stock und Maik Stock vom PROOF-Verlag in Erfurt sowie Lisa Rodin für das großartige Design und Layout.